2024 제11회
교보문고 스토리대상
단편 수상작품집

2024 제11회
교보문고 스토리대상
단편 수상작품집

김민경

김호야

이리예

임규리

김규림

차례

그 많던 마법소녀들은
다 어디 갔을까

김민경

"이번 역은 용호역, 용호역입니다. 내리실 문은 오른쪽입니다."

짙은 초록색 교복을 입은 하나는 출입문에 다가섰다. 귀에 꽂은 유선 이어폰을 빼서 핸드폰에 돌돌 감았다. 그리고 주머니 깊숙이 넣은 다음, 제대로 말리지 않아 축축한 머리를 높게 묶었다. 잠시 후 열차 문이 열리자 제일 먼저 뛰어나갔다. 이 세상에 지각한 여고생보다 급한 사람은 없다.

하나는 개찰구를 지나 지상으로 향하는 계단을 두세 칸씩 힘차게 올랐다. 중반쯤 올라갔을 때 거친 숨을 고르며 속도를 줄이는 순간, 한 할머니가 보였다.

구부정한 허리에 왜소한 체격의 할머니는 자신의 몸만큼 큰 수레를 끌고 계단을 오르고 있었다. 수레에는 형형색색의 봉투가 가득했다. 뒤돌아보니 사람들이 떼 지어 오고 있었다. 흡사 행군하는 군인처럼 올라오는 모습에 자신의 처지를 깨달은 하나는 따라잡힐세라 계단을 재빠르게 올라갔다.

지상에 가장 먼저 도착해 자신을 맞이하는 햇빛에 눈을 찌푸린 채

길 건너편에 있는 학교를 쳐다봤다. 학교 앞 우뚝 솟은 돌기둥에 세로로 '목화고등학교'라고 새겨져 있었다. 정문은 아직 열려 있었다. 나뭇잎 같은 초록색 교복을 입은 학생들이 옹기종기 숲을 이루며 교문 안으로 들어가고 있었다. 어서 저 나뭇잎 무리에 합류해야만 했다.

'할머니는 나보다 덜 바쁜 사람이 도와주겠지.'

그렇게 생각하며 발을 내디뎠다. 아니, 그러려고 했다. 하지만 할머니의 모습이 잔상처럼 남아 차마 다리를 움직일 수 없었다. 할머니는 그곳에 그대로 서 있었다. 모두 앞만 보며 지나쳐 갔다. 그중 몇몇, 하나와 같은 교복을 입은 학생들이 할머니를 흘끔 쳐다봤다. 하지만 이내 못 본 척 외면하고는 계단을 올랐다.

하나는 할머니가 외할머니와 겹쳐 보였다. 결국, 계단을 올라오는 사람들과 엇갈려 내려갔다. 절대 지각하지 말라던 담임의 경고가 떠올랐다. 담임은 늘 밤늦게까지 외할머니의 식당 일을 돕느라 피곤한 하나의 사정을 알면서도 결코 봐주는 법이 없었다. 오늘도 지각한다면 융통성 없는 담임은 지각으로 처리할 것이고, 내신에 나쁜 영향을 끼칠 게 분명했다.

닥쳐올 온갖 불행한 결말을 알면서도 하나는 걸음을 멈추지 않았다. 이윽고 할머니 앞에 멈춰 서서 조심스레 말했다.

"할머니, 제가 들어드릴까요?"

"아이고, 미안해서 어쩌나."

할머니의 말투에서 왠지 모르게 웃음기가 느껴졌다. 수레는 상당히 무거웠다. 꼭 돌덩이라도 든 것 같았다. 하나는 숨을 크게 들이마시고 허리에 바짝 힘을 주어 수레를 들어 올렸다. 아득히 멀게 느껴지는 지상을 향해 한 칸씩 오를 때마다 이마에서 땀이 배어 나왔다. 먼저 도착해서는 아차 싶어 돌아봤다.

"할머니, 천천히 오세……."

한참 뒤처졌을 것이라는 예상과 다르게 할머니는 바로 뒤에 서 있었다. 거친 숨을 몰아쉬는 하나와 달리 할머니는 전혀 힘들어 보이지 않았다. 할머니는 주머니에서 무언가를 꺼내 내밀었다. 머뭇거리던 하나는 사탕이라도 주는가 싶어 그것을 받았다.

'누룽지 사탕이나 홍삼 젤리겠지. 차라리 누룽지여라, 누룽지.'

손을 천천히 펼쳤다. 사탕이 아니라 얼마 전에 출시된 유명 기업의 무선 이어폰이었다. 손바닥 위에 놓인 작은 흰색 케이스를 잠시 바라봤다. 뚜껑을 열자 정말 사람들의 말처럼 '콩나물'처럼 생긴 이어폰 두 쪽이 들어 있었다.

"고마워. 학생."

"네? 이건……."

"그건 내 선물."

당황한 하나가 고개를 들었다. 하지만 할머니는 이미 수레와 함께 시야에서 사라진 후였다. 주변을 이리저리 살폈지만, 할머니는 어디에도 없었다.

하나는 어리둥절한 채로 무선 이어폰을 꺼내 귀에 꽂았다. 블루투스를 연결하고 핸드폰으로 노래를 재생하자 선명한 음질의 음악이 흘러나왔다. 그러다 노래가 중단되고 조용해졌다. 이어폰에서 갑자기 신나는 드럼 소리가 울렸다.

두둥— 두둥—

그 소리에 놀라 재빨리 이어폰을 뺐다. 이어폰에서는 재생한 적 없는 음악이 계속되었다. 다시 천천히 이어폰을 귀에 꽂았다. 하나의 인생을 바꿀 음성이 들렸다.

마법소녀가 되신 것을 축하합니다!

◇

요란한 핸드폰 알람 소리에 하나는 눈을 번쩍 떴다. 침대 옆 테이블을 더듬어 알람을 끄고, 천천히 기지개를 켰다.

씻고 나와 책상 위에서 충전 중인 무선 이어폰을 바라봤다. 이제는 2세대니 프로니 하는 새로운 이어폰들이 쏟아지고 있지만 하나는 여전히 할머니에게 선물받은 이어폰을 사용하고 있었다. 마법소녀 시절의 추억을 간직한 물건이기 때문이었다.

열아홉 번째 생일이 지나자 이어폰은 '정화' 능력을 잃었고 더 이상 마법을 사용하지 못하게 되었다. 지금은 그저 평범한 이어폰이었다. 하나는 고개를 저었다. 옛 생각에 빠졌다간 러시아워의 만원 지하철을 탈 수도 있었다.

'학생 때는 지금보다 일찍 나와도 조금도 피곤하지 않았는데. 그

때 체력은 어디로 갔는지.'

하나는 하품하며 열차에 올라탔다.

평범한 사람의 눈에는 무채색 옷차림에 피곤한 사람들만 보이겠지만 하나의 눈엔 달랐다. 사람들의 머리 위에 두둥실 떠다니는 구름이 보였다. 마법소녀가 된 이후로 달라진 세상이었다. 구름은 사람들의 감정이나 상태에 따라 각기 다른 색을 띠었다. 비슷한 색처럼 보여도 미묘하게 채도와 명도가 달랐고, 그에 따라 사람들의 감정 상태도 조금씩 달랐다. 게다가 구름은 서로 영향을 주고받았다. 강렬한 감정일수록 그것에 비례해 구름의 크기도 커졌다.

하나는 열차 안을 훑어봤다. 다행히 위험한 검은 구름은 보이지 않았다. 어두운 구름은 주로 어떠한 이유로 분노하거나 남을 상처주려 할 때, 혹은 나쁜 짓을 저지르기 직전에 나타났다. 심지어 그런 구름은 전염성도 강력해서 타인의 구름에도 쉽게 영향을 끼쳤다. 그것을 위험하지 않은 상태로, 맑게 개도록 바꿔주는 것이 바로 정화 마법이다.

자리에 앉은 하나는 습관처럼 귀에 이어폰을 꽂고 가만히 사람들을 구경했다. 맞은편에 앉은 커플 위로 떠다니는 분홍빛 구름을 보자 미소가 절로 나왔다. 달콤한 솜사탕처럼 보였다. 둘 중 빨강에 가까운 채도 높은 분홍색 구름이 머리 위에 떠 있는 남자 쪽이 여자를 더 좋아하는 모양이었다.

그들 옆에 앉아 핸드폰을 보고 있는 남자의 머리 위에는 주황색 구름이 떠 있었다. 진하고 탁한 주황색은 보통 경계나 긴장을 나타내지만, 남자의 구름은 오렌지 주스 같은 맑은 느낌이었다. 명도가 높은 주황색은 즐거운 기대나 호기심 쪽이었다. 아마도 남자는 무언가 재밌는 것을 보고 있는 듯했다.

스크롤을 내리는 남자의 손가락이 빨라질수록 구름도 더 커졌다. 구름은 점점 부풀어서 옆에 있던 중년 여자의 구름에 닿았다. 순간 중년 여자의 남색 구름도 맑은 오렌지색으로 변했다.

호기심이 생긴 중년 여자는 이제는 대놓고 남자의 핸드폰 화면을 훔쳐봤다. 그것을 눈치챈 남자의 구름은 순식간에 회색이 섞인 것처럼 탁해졌다. 남자는 미간을 찌푸리며 핸드폰을 뒤집어 자신의 허벅지 위에 올려놓았다.

'저런.'

하나는 저도 모르게 웃음을 짓다가 벌떡 일어났다. 내려야 할 역이었다.

개찰구를 나오자 주변이 온통 진하고 낮은 명도의 보라색 구름으로 가득 차 있었다. 회사가 모여 있는 이곳은 항상 수심이나 걱정을 나타내는 어두운 보라색 계열이나 지루함이나 따분함을 나타내는 진한 남색 계열 구름이 가득했다. 자세히 관찰하면 제각각 다르지만 이 역에 내리는 직장인들은 대체로 이런 색깔의 구름을 가지고 있었다. 요일이나 날씨마다 조금씩 달라지는데, 월요일이나 비가 오는 날은 크기도 크고 빛깔도 탁하다. 금요일이나 연휴 전날에는 다음 날 쉴 수 있다는 생각 때문인지 빛깔은 탁하더라도 대부분 크기는 작아졌다.

하나는 고개를 들어 머리 위를 쳐다봤다. 자신의 구름을 볼 수 있다면 지금 무슨 색일까. 안타깝게도 아무것도 보이지 않았다.

우중충한 구름 사이를 지나 회사 건물로 들어갔다. 하나가 일하는 곳은 카드사에서 외주를 맡긴 콜센터였다. 높은 빌딩의 한 층을 차지하고 있는 사무실은 보안에 철저해서 항상 지문을 찍어야만 출입이 가능했다.

사무실 문 앞에 서서 지문 스캐너에 손가락을 갖다 대자 문이 열렸다. 문 너머에는 닭장처럼 칸막이가 다닥다닥 붙어 있는 책상과 그 자리를 지키고 있는 컴퓨터와 전화가 보였다.

하나는 3팀이라고 적혀 있는 푯말로 걸어가 '상담사 송하나' 이름표 앞에 멈춰 섰다. 그러고는 의자에 가방과 옷을 걸고 기지개를 켰다. 한번 자리에 앉으면 다시 일어나기 어려우니 항상 근무 시작 전에 스트레칭을 했다.

뚜두둑. 뼈 소리가 들릴 정도로 허리를 돌리고는 이제 막 사무실 안으로 들어온 동료들을 발견했다.

"안녕하세요!"

힘차게 인사를 건넸지만 동료들은 힘없이 대답했다. 출근한 것 자체에 짜증이 난 듯했다. 크기는 달랐지만 구름은 모두 남색이나 보라색이었다. 심지어 보통의 구름보다 다섯 배는 큰 남색 구름을 얹은 동료도 있었다.

자리에 앉아 헤드셋을 쓴 하나는 컴퓨터를 켜고 업무를 준비했다. 급하게 뛰어 들어오는 직원들과 눈인사하며 시간을 확인했다. 8시

46분. 9시부터 근무 시간이지만 50분까지 착석해 업무 준비를 끝내 놓아야 했다. 모든 준비를 마친 하나는 목소리를 가다듬었다.

9시 정각이 되자 콜 버튼을 눌렀다.

도레미파솔. 솔. 솔.

"안녕하십니까? 상담사 송, 하, 나, 입니다. 무엇을 도와드릴까요?"

콜을 받는 중에는 항상 이 '솔' 톤을 유지해야 했다.

"다른 문의 사항 있으신가요? 네. 지금까지 상담사 송하나였습니다. 감사합니다."

10분 만에 첫 번째 콜을 마친 하나는 후처리 이력을 작성했다. 무난하게 끝난 것이 느낌이 좋았다. 크게 숨을 내쉬고 곧바로 콜 버튼을 눌렀다.

도레미파솔. 솔.

"안녕하십니까? 상담사 송하나입니다. 무엇을 도와드릴까요?"

느낌이 좋다고 생각한 것도 잠시, 두 번째 고객은 왜 이렇게 연결이 늦게 되느냐고 소리쳤다. 할 일도 못 하고 연결까지 30분을 기다렸다는 고객의 말에 하나는 모니터 아래의 시계를 흘낏 쳐다봤다. 아직 9시 12분이었다.

잠시 숨을 참은 후 조용히, 그리고 아주 조심스럽게 내뱉었다. 혹시라도 한숨 소리로 들리면 곤란했다.

"죄송합니다, 고객님. 오전이라 상담량이 많아 연결이 지연된 것 같습니다. 무엇을 도와드릴까요?"

첫 콜이 좋았던 덕인지 말도 안 되는 짜증을 부릴 줄 알았던 두 번째 손님은 고분고분 상황을 설명했다.

오전 업무는 1년에 한 번 있을까 말까 한 무난한 전화의 연속이었다. 욕설 한마디 듣지 않은 채 오전 근무를 마쳐가던 하나가 시계를 살폈다. 11시 59분이었다. 지금 전화를 잘못 받았다가는 점심시간을 뺏길 것이 분명했다.

59분 50초. 10초를 남겨두고 모두 조용히 콜 중지 버튼을 누르기 시작했다. 그러나 하나는 또다시 콜 버튼을 눌렀다.

도레미파솔. 솔.

"안녕하십니까? 상담사 송하나입니다. 무엇을 도와드릴까요?"

◇

편의점에서 먼저 밥을 먹고 있던 동료들이 안으로 뛰어 들어온 하나를 발견했다. 은정이 하나를 불렀다. 은정의 맞은편에 앉아 있는 마 언니가 양팔을 크게 흔들었다.

"하나야! 여기."

도시락을 데워 그들 곁으로 갔다. 그들의 머리 위에는 구름이 떠다니지 않았다. 모두 마법소녀 출신이었다. 남들의 구름을 볼 수 있는 그들은 자신이나 다른 마법소녀의 구름은 보지 못했다. 은정은 오른손으로는 젓가락질을 하며 왼손으로는 하나에게 자신의 옆 의자를 빼줬다.

하나는 급하게 한술 뜨려다 맞은편에 앉은 새로운 사람을 발견했다. 여자는 눈이 마주치자 고개를 살짝 숙이며 인사했다.

하나도 같이 묵례하며 여자의 머리 위를 쳐다봤다. 아무것도 보이지 않았다.

"여기는 우리 신입."

마 언니가 나섰다.

"저는 송하나예요."

"전 김연진이에요."

"그냥 말 편하게 하고 언니라고 불러. 난 마성지인데 그냥 마 언니. 마법사의 마 같기도 하고. 마성의 매력이 있는 것 같기도 하고."

은정이 옆에서 마 언니의 말을 거들었다.

"맞아. 우리 다 마 언니라고 불러."

"아. 네, 마 언니."

연진이 어색한지 머리를 긁적이며 말했다.

"고등학교 마치고 바로 일하는 거야?"

"우연히 마주쳤던 선배들 대부분 콜센터에서 일하신다길래 저도 일찍 시작하려고요."

마 언니가 시큰둥하게 대답했다.

"우리야 뭐, '감사 인사'도 모을 겸 겸사겸사 하는 거지."

연진이 '감사 인사'라는 단어를 듣고 눈을 반짝였다.

"하나 언니, 이제 밥 먹는 거예요?"

아이스크림을 사러 온 하나의 옆자리 동료, 희수가 그들에게 다가왔다. 하나는 싹싹한 그녀를 평소 친동생처럼 대했다.

해맑게 아이스크림 껍질을 벗기는 희수의 머리 위로는 지루함을 뜻하는 파란색보다 조금 더 밝은, 편안한 상태를 뜻하는 청량한 하늘빛 구름이 보였다. 아이스크림을 한입 베어 물자 구름은 더욱 밝아졌다.

전직 마법소녀만 모여 점심을 먹고 있던 편의점 속 작은 동호회에는 침묵이 감돌았다. 희수처럼 평범한 사람 앞에서 마법에 대해 말하는 것은 엄격하게 금지되어 있었다.

"마지막 콜이 오래 걸리는 바람에."

"천천히 먹고 와요. 전 먼저 올라갈게요."

희수가 편의점을 나가자 마 언니는 시계를 보고 급하게 자리를 정리하며 말했다.

"연진이도 새로 왔는데 마치고 간단한 환영회 어때?"

은정은 곧장 동의했다.

"난 무조건 콜!"

"내일도 출근하니까 멀리 가기는 좀 그렇고, 회사 앞 삼겹살집?"

"좋죠!"

하나도 동의하며 젓가락을 내려놓았다. 갑작스레 생긴 신입생 환영회에 분위기가 밝아졌다.

사무실로 빠른 걸음으로 돌아가기 시작했다. 연진이 따라 뛰며 물었다.

"아직 45분인데 왜 뛰어요?"

하나가 웃으며 답했다.

"원래 10분 전까지 자리에 앉아 있어야 해."

"이제 4분밖에 안 남았네. 뛰자!"

마 언니의 구령에 맞춰 엘리베이터로 뛰었다.

다시 돌아온 콜센터 내부에는 오전보다 더 짙은 보라색 구름이 가득했다. 확실히 모두 행복한 오전을 보낸 건 아닌 듯했다. 이럴 때마다 하나는 정화 마법이 간절했다.

천장을 가득 메운 보라색 구름 아래를 지나 3팀 푯말 앞에 앉았다. 헤드셋을 끼고 목소리를 가다듬었다.

도레미파솔. 솔.

"안녕하십니까? 상담사 송하나입니다."

◇

오후에 쏟아지는 콜을 하나씩 처리하던 하나의 귀에 히끅거리는 울음소리가 들렸다. 희수였다. 또 웬 검은색 구름을 가진 사람이 전화해 폭언을 해대며 소리친 모양이었다. 괜찮냐고 묻고 싶은 마음에 조심스레 콜 중지 버튼을 누르자 바로 팀장의 불호령이 떨어졌다.

"하나 씨!"

어쩔 수 없이 다시 콜 버튼을 눌렀다.

도레미파솔. 솔.

"안녕하십니까? 상담사 송하나입니다."

고객과 통화하면서도 눈동자를 굴려 옆자리를 흘끔 봤다. 희수의 머리 위로는 두려움을 나타내는 아주 진한 검보라색 구름이 떠다녔다.

하나는 업무용 메신저로 쉬는 시간을 쓰겠다고 팀장에게 알렸다. 오전과 오후, 각각 한 번씩 제공되는 10분간의 휴식 시간은 이렇게 허락을 받아야만 사용할 수 있었다. 허가가 떨어지자마자 사무실을 박차고 달려 나갔다.

평소에 화장실도 마음대로 갈 수 없기 때문에 대체로 휴식 시간은 화장실을 가는 데 쓰곤 했다. 하지만 하나는 1층 카페를 향해 계단을 달려 내려갔다. 엘리베이터를 기다릴 시간도 없었다.

카페에 도착하자마자 제일 달달한 음료에 휘핑크림을 잔뜩 올려 달라고 주문했다. 급히 카드를 꺼내 계산하자 초조한 마음을 알았는지 직원이 음료를 순식간에 내놨다. 초콜릿이 가득 들어간 음료 위로 새하얀 구름 같은 휘핑크림이 쌓여 있었다. 하나는 그걸 소중하게 들고 사무실로 돌아갔다.

희수는 눈물을 닦으면서도 계속 콜을 받고 있었다. 그녀의 구름은 여전히 검보라색이었다. 가까이 가서 살펴보니 아까보다 한층 더 어둡고 커져 있었다. 음산한 구름은 당장이라도 희수의 머리 위로 축축한 비를 쏟을 것만 같았다.

얼른 희수의 책상에 음료를 내려놓았다. 놀란 희수가 하나를 올려다봤다. 희수는 붉어진 눈가에 어울리지 않게 밝은 톤의 목소리를 내고 있었다. 하나는 조용히 눈짓으로 음료를 가리킨 뒤 윙크했다. 희수는 엄지를 들어 보였다.

희수가 잠시 생긴 여유를 틈타 음료를 한 모금 마시는 게 보였다. 하나는 희수의 구름이 조금씩 밝아지는 것을 보고 안도의 한숨을 쉬었다. 마법을 쓸 수 있었다면 버튼 하나로 희수의 구름을 정화해줄 수 있었겠지만, 현재로서는 휘핑크림을 잔뜩 올린 초코 음료가 하나가 줄 수 있는 유일한 마법이었다.

점점 크기가 줄어들고 있는 희수의 구름을 확인한 뒤, 자리에 앉아 헤드셋을 착용했다. 그러고는 바로 콜 버튼을 눌렀다.

도레미파솔. 솔.

"안녕하십니까? 상담사 송하나입니다."

—즈어 이거. 톤장 바꾸려고오.

어눌한 말투에 고객이 취객인지 의심이 들었다.

"고객님 죄송하지만 다시 한번 말씀해주시겠습니까?"

—토옹장.

"네. 고객님."

—바꾸는 거.

"네. 고객님. 혹시 결제 계좌 변경을 요청하시는 걸까요?"

주취자들은 전화를 해서 말도 안 되는 억지를 부리거나 욕설을 하는 경우가 많고, 때로는 횡설수설하며 전화를 못 끊게 만드는 경우도 있었다. 상담사 입장에서 이런 전화는 고의적 장시간 통화로 분류해 다른 부서나 팀장에게 넘기게 되어 있었다. 하지만 하나는 지금 고객의 말은 비록 알아듣기 힘들어도 요구사항은 분명하다고 생각했다.

"몇 가지 본인 확인을 진행하겠습니다. 현재 살고 계시는 집 주소가……."

고객의 불분명하고 느린 답변과 한 번에 알아듣기 힘든 발음 탓에 통화 시간은 계속해서 길어졌다. 모니터에는 악성 콜이면 종료하고 얼른 다음 전화를 받아 콜 수를 채우라는 팀장의 메시지가 나타났다. 하지만 하나는 계속해서 상담을 진행했다.

"고객님. 계좌 변경 완료되었습니다. 또 다른 문의 사항 있으실까요?"

—아아니요.

"행복한 하루 보내세요. 지금까지 상담사 송하나였습니다."

전화를 끊자 전광판에 하나가 받은 콜 수가 나타났다. 각 팀 앞에 설치된 전광판에는 매시간 가장 많은 콜과 적은 콜을 처리한 사람의 이름이 나타났다. 이번 고객으로 인해 하나의 콜 수는 같은 시간 내에 가장 많이 처리한 사람의 절반도 되지 못했다. 하나는 콜 버튼을 눌렀다.

도레미파솔. 솔.

"안녕하십니까? 상담사 송하나입니다."

상담사의 목소리가 메아리치는 직장에 유일한 장점이 있다면 정확히 6시만 지나면 모든 소리가 멈춘다는 것이다. 6시가 되자 말소리가 귀신같이 사라졌다.

닭장 같은 공간에서는 솔 톤의 높은음 대신 의자를 끄는 낮은음이 울려 퍼졌다. 사람들은 도망치듯 서둘러 사무실을 빠져나갔다. 하나는 창가에 있는 팀장 자리로 불려 갔다. 콜 수를 채워야 하니 빨리빨리 다음 콜을 받으라는 이유에서였다.

하나는 최대한 기가 죽은 표정을 지으며 팀장의 구름을 바라봤다. 약이 오르거나 살짝 짜증이 났을 때의 다홍색을 띠고 있었다.

"죄송합니다."

곧 구름은 걱정이나 미안함을 뜻하는 옅은 노란색으로 바뀌었다. 간단한 사과에 색이 바뀌는 걸 본 하나는 마음 약한 팀장이 조금은 귀엽다고 생각했다.

"다음부터 그런 건 나한테 인계하고 콜 수부터 채워."

"네. 알겠습니다."

혹시나 팀장의 노란색 구름이 없어질까 싶어 기죽은 표정을 유지하며 자리로 돌아갔다. 조용히 가방과 옷을 챙긴 뒤 사무실 출입구로 간 하나는 문 앞에서 자신을 걱정하는 동료들을 향해 미소 지었다.

◇

삼겹살집에 동그랗게 둘러앉아서 연진이 말했다.

"전 부산에서 올라왔고, 지난달에 열아홉 번째 생일이 지났어요. 그러니까 은퇴한 지는 한 달째예요."

이어서 마 언니가 말했다.

"나는 여기서 나이가 젤 많고, 은퇴한 지 10년도 넘었어. 사실 콜 센터에서 일하기 시작한 지는 얼마 안 돼서 경력은 짧아. 낮에도 말했다시피 말 편하게 해도 돼."

"그래도 선배님인데……."

어색해하는 연진을 보며 하나가 웃었다.

"이제 은퇴하고 다 똑같은데 선후배가 어디 있어."

"그래. 하나 말대로 너나 나나 전부 정식 마법사가 되려고 일하는 거잖아."

연진이 멈칫하더니 물었다.

"정식 마법사가 되면 정화 말고 다른 마법을 쓸 수 있다는 게 사실이에요?"

은정이 자신의 잔에 소주를 따르며 대답했다.

"마법소녀들은 정화밖에 못 하지만 마법사들은 다른 마법도 쓸 수 있대. 협회에서 가르쳐준다나……."

연진이 계속 질문을 이어갔다.

"정말 협회에서 마법사들한테 월급도 주나요?"

마 언니가 씁쓸하게 웃으며 대답했다.

"그런 것 같더라고."

은정이 차별 대우가 마음에 들지 않는다는 듯 말했다.

"소문으로는 억대 연봉이라던데? 하나야. 고기 탄다."

은정의 불호령에 고기를 뒤집으며 하나가 말했다.

"생계를 책임져주나 봐. 활동비라고 매달 협회에서 나오는 게 있는 것 같더라."

은정이 팔짱을 꼈다.

"강남에 있는 아파트 한 채는 받는다고 들었어. 애초에 줄 거면 마법소녀도 줘야 하는 거 아니야? 제일 중요한 십대 때 공부도 못 하는데 말이야. 그 시간에 공부를 했음 서울대 갈 수도 있었는데!"

은정이 목소리를 높이자 연진이 눈치를 보며 조심스레 물었다.

"그럼…… 선배들은 정식 마법사가 어떻게 되는지 아세요?"

하나는 썰렁해진 분위기를 수습하려 연진을 향해 답했다.

"아무도 몰라. 우리가 다른 사람들한테 마법에 관해서 말 못 하는 것처럼 정식 마법사도 마법사 테스트에 대해서 말 못 해."

"아, 그렇구나……."

마 언니가 소주잔을 테이블에 소리 나게 내려놓으며 말했다.

"어디까지나 추측이긴 하지만 지켜본 결과, 감사 인사를 많이 모으면 마법사가 될 수 있는 것 같아. 어차피 한 달 넘게 감사 인사를 못 들으면 마법소녀에 관한 기억도 사라지잖아. 그래서 다들 콜센터에서 일하는 거지. 월급도 받고 기억도 유지하고. 그나마 '감사합니다'를 듣기 쉬운 직업이니깐. 근데 뭐 감사는 개뿔. 욕을 더 많이 모은 것 같다. 하하하."

마 언니가 소주를 연거푸 마셨다.

"그러면 다들 감사 인사는 어느 정도 모으셨어요? 콜센터에서 얼마나 일하면 마법사가……."

"일한 경력으로 따지면 여기 있는 하나가 왕고참이지. 난 여태까지 애들 키우다가 얼마 전에 겨우 시작한 거라. 하나, 너 몇 년 일했지?"

"나도 고등학교 졸업하고 바로 일했으니까 5년이지. 그런데도 아직 소식이 없어. 매일 이어폰 켜보는데 아무 소리도 안 들리더라고."

하나가 멋쩍게 웃자 마 언니가 말했다.

"얘는 상담사가 아주 천직이야. 콜센터가 처음엔 쉬워 보여도 사실 오래 못 버티거든. 그만둔 애들만 해도 한 트럭이야. 남들은 몸 안 쓰고 앉아서 전화만 받는다고 만만하게 생각하는데 다들 스트레스 아니면 방광염 때문에 그만둔다니깐? 성희롱에 살해 협박에 실적 압박에. 아무리 마법소녀 출신이라도 오래 못 버티지."

하나는 목덜미를 긁으며 반박했다.

"다들 귀에 뭐 안 꽂고 있으면 허전하지 않아요? 그리고 이것도 나름 정화라고요. 마법 대신 말로 하는 거긴 하지만. 그래도 어쨌든 누군가를 돕는 거잖아요."

"다 잊고 살고 싶어서 남 돕는 걸 일부러 관두는 애들도 많은데. 이런 애가 마법사가 돼야지, 협회는 뭐 하고 있는 건지."

마 언니가 다시 연진에게로 고개를 돌렸다.

"그나저나 너는 누구를 도운 거야?"

"네?"

"너도 누구 도와주고 이어폰 받았을 거 아니야. 요즘 애들은 뭘 하고 마법소녀가 되는지 궁금해서 말이야."

"저희 동네에 온천천이라는 하천이 있는데요. 어떤 미친놈들이 취해서 거기 사는 오리한테 돌을 던지더라고요. 그거 말리다가 오리가 다친 것 같아서 하천으로 들어갔는데."

그때 일이 떠올랐는지 연진이 주먹을 꽉 쥐었다. 그러다 이내 손바닥으로 입을 가린 채 웃으며 말을 이었다.

"갑자기 오리가 막 날아오르는 거예요. 오리도 날 수 있는 거 아세요? 그놈들 머리를 쪼아대던데, 하하. 암튼 오리가 그놈들 쫓아내고 저한테 이어폰이 담긴 상자를 줬어요."

사람이 아닌 동물을 도와주다 마법소녀가 되었다는 사연은 처음이라 하나는 감탄했다.

"역시 요즘 애들. MZ는 다르네."

"마 언니. MZ라는 말 쓰는 순간부터 꼰대래요."

마 언니가 은정의 놀리는 말에 아랑곳하지 않고 잔을 들었다.

"나 꼰대 맞아. 다들 잔 채웠지? 건배하자. 모두 하루빨리 정식 마법사로 거듭나길 위하여!"

"위하여!"

전직 마법소녀들이 서로 잔을 부딪쳤다.

◇

환영회가 끝나고 집으로 돌아가는 길, 하나는 취기에 살짝 붉어진 얼굴로 편의점에 들어갔다. 내일도 출근하기 때문에 10분이라도 집에 빨리 돌아가 얼른 잠드는 것이 중요했지만 이대로 잤다간 내일 아침 두통과 함께 깨어날 것이 분명했다.

편의점에서 숙취해소제를 찾던 하나는 초록색 교복을 발견했다.

교복을 입은 학생은 삼각김밥을 고르고 있었다. 아직도 한결같은 촌스러운 초록색. 하나의 예전 교복이었다.

학교와 멀리 떨어진 동네에서 모교 후배를 만나자 반가운 마음이 들었다. 늦은 시간까지 공부해 피곤할 후배를 위해 뭐라도 사주고 싶었다. 술기운을 조금 빌려 용기를 내보기로 했다. 냉장고로 걸어가 피로회복음료를 집었다.

후배를 흘낏 보던 하나는 그녀의 위에 구름이 떠 있지 않은 것을 알아챘다. 운명이었다. 고등학교 후배에 마법소녀 후배라니.

마치 거울을 보는 기분으로 후배를 바라봤다. 과거의 자신과 다른 것이라고는 귀마개처럼 쓰고 있는 최신 헤드폰뿐이었다. 사실 마이크만 안 달렸다 뿐이지, 종일 마이크 달린 헤드셋을 쓰고 일하는 하나의 모습과 비슷했다.

후배도 시선을 느꼈는지 하나의 머리 위를 쳐다봤다. 서로 정체를 파악한 두 사람 사이에 정적이 흘렀다. 하나는 자신이 먼저 말을 걸어야 할지 고민했다.

정적을 깨고 한 남자 손님이 편의점 문을 열고 들어왔다. 모자를 쓴 채 인상을 찌푸리며 들어온 남자의 위에는 회색 먹구름이 떠다녔다. 아직 크기도 작은 편이고, 검은색으로 바뀌지 않았지만 곧 그렇게 될 수도 있어서 위험했다. 하나가 조용히 눈동자를 굴려 후배에게 눈치를 줬다. 후배의 눈에도 남자의 구름이 보이는 것이 분명했지만 가만히 지켜보기만 했다.

답답해진 하나가 손가락으로 남자를 가리켰다. 후배는 여전히 아무엇도 하지 않았다. 그러고는 그대로 지나쳐 편의점을 나갔다.

상상도 못 한 전개에 하나는 멍해졌다. 아마 자기 구름을 볼 수 있었다면 지금 자신의 머리 위에는 놀라움을 뜻하는 연두색이나 그것보다 좀 더 얼떨떨하고 당혹스러움을 나타내는 청록색이 떠다녔을 것이다.

그사이 먹구름을 가지게 된 남자는 이미 점원에게 신경질을 부리고 있었다.

"에쎄. 그거 말고. 히말라야."

점원이 헤매자 한심하다는 듯 한숨과 반말을 내뱉었다.

"하씨. 존나 답답하네. 진짜."

남자는 지갑에서 카드를 꺼내 계산대 위로 던졌다. 어느새 제법 커진 회색 구름이 점원에게까지 가 닿았다. 점점 더 커져가는 먹구름이 점원의 남색 구름까지 흡수하려는 것처럼 보였다. 그 광경을 본 하나는 차마 후배를 따라 나갈 수 없었다.

피로회복음료를 들고 계산대로 걸어갔다. 남자는 일부러 자신에게 '흡연하면 수명이 짧아집니다'라는 문구가 적힌 담배로 골라준 거 아니냐며 점원을 괴롭히고 있었다. 하나가 일부러 그를 살짝 밀친 뒤 점원에게 음료를 내밀었다.

"계산해주세요."

"네."

점원은 남자의 말이 들리지 않는 척, 하나가 가져온 음료의 바코드를 찍었다. 남자가 자기를 무시하는 거냐며 따지자 하나가 그의 눈을 똑바로 쳐다보며 말했다.

"계산 끝났으면 비켜주시겠어요?"

단호한 말투에 남자는 당황한 듯 잠시 뭐라고 구시렁대다 밖으로 나갔다.

"원 플러스 원 행사 상품입니다."

포스기에서 음성이 나오자 하나는 냉장고에서 음료를 한 병 더 들고 계산대로 돌아왔다. 회색으로 변한 구름 밑에서 조용히 계산한 점원에게 음료 한 병을 건넸다. 점원은 고개를 들어 하나와 눈을 맞췄다. 하나가 웃으며 말했다.

"이거 드세요."

점원이 잠시 당황하다 고개를 숙였다.

"아, 고맙습니다."

점원의 먹구름 사이로 황금빛 햇살 같은 밝은 빛이 새어 나왔다. 마음이 움직이거나 뭉클할 때 주로 나오는 현상이었다. 점원의 먹구름이 옅어지고 전체적으로 황금빛을 띠자 하나는 그제야 마음이 가벼워졌다. 나가며 점원을 향해 외쳤다.

"수고하세요!"

하나는 멀리 면봉 크기만큼 작게 보이는 후배를 향해 뛰어갔다. 겨우 후배를 따라잡고 숨을 거칠게 몰아쉬었다. 후배는 자신을 따라올 줄 알았다는 듯 아무렇지 않아 보였다.

"일단 내 소개부터 할게. 난 송하나. 나도 그 고등학교 나왔거든. 게다가 보다시피."

하나가 텅 빈 자신의 머리 위를 손가락으로 가리켰다.

"그러니깐, 저기. 후배? 학생? 마법소녀? 이름이……?"

후배가 팔짱을 끼며 말했다.

"이름은 왜요?"

따지는 듯한 후배의 말투에 하나는 당황했다.

"그냥 후배라고 할게."

"소희요."

싱겁게 이름을 가르쳐준 소희에게 조심스레 물었다.

"반가워. 소희야. 넌 아직 학생이니깐 정화할 수 있는 거 맞지?"

"할 수 있죠."

1초도 고민하지 않는 당당한 대답에 할 말을 잃은 하나가 정신을 차리고 다시 질문했다.

"아까 편의점에서 왜 정화 안 했어? 그런 회색 구름은 시간이 지나면 검은색으로 변한다고. 그러면 얼마나 위험해지는데."

"정화해봤자 얼마 안 가잖아요. 고작 하루 정도? 길어봐야 며칠 가려나. 아까 그 남자는 정화했어도 다시 어두워졌을 거예요. 시간만 잠시 늦출 뿐이지. 의미 없잖아요?"

"너도 그 의미 없는 행위를 해서 마법소녀가 된 거 아니야?"

하나의 질문에 정곡이 찔린 듯 가만히 있던 소희가 혼잣말하듯 대꾸했다.

"아니요. 전 그냥 게임 하다가 팀원들 살리고 된 건데요?"

"뭐?"

"누군가를 도와야 마법소녀가 된다면서요. 전 게임 캐릭터 도와줬더니 된 건데요?"

마법소녀 테스트가 이제는 게임 캐릭터를 도와주는 걸로 통과된다니. 순간 자신이 꼰대가 된 것인지 아니면 요새는 정말 그런 식으로 테스트를 하는지 알 길이 없어 하나는 할 말을 잃었다. 그도 그럴 것이 연진은 동물을 도와주고, 지금은 기억을 잃었지만 연진 전에 들어왔던 다른 후배는 인터넷에서 선플을 만 번 이상 썼더니 마법소녀가 되었다고 했다. 그 밖에도 뒷사람을 위해 문을 천 번 잡아준다거나 자리를 백 번 양보했다가 된 경우도 들어본 적 있었다. 마법소녀가 되는 조건은 다양했기 때문에 하나는 그 말을 믿을 수밖에 없었다.

"성인이 되면 마법을 쓸 수 없어. 다들 쓰고 싶어서 난리인데. 네 헤드폰으로 바로 정화할 수 있는 거 아니야?"

"쓸 때마다 체력이 깎이잖아요."

소희의 말대로 마법은 무제한이 아니었다. 어두운 구름을 작고 맑게 바꾸는 정화 마법은 쓸 때마다 운동장 서너 바퀴를 질주한 정도의 체력이 소모됐다. 먹구름이 어두우면 어두울수록, 크면 클수록 그것을 없애거나 맑게 만드는 데에 더 많은 체력이 필요했다. 특히 완전히 까만 구름은 정화하고 나면 이틀은 드러누워야 했다.

"그래도 아까 그 정도 크기면 하루에 두세 번도 정화할 수 있잖아."

'물론 저녁에 밥도 못 먹고 기절하겠지만.'

뒷말을 속으로 삼키며 소희에게 말했다.

"고3한테 체력이 얼마나 중요한지 아세요?"

"주, 중요하지."

"전 좀 있으면 성인이에요. 마법사니, 정화니 하는 것에 관심 없어요. 그럴 시간이랑 체력으로 공부해서 취직이나 할 거예요."

어디서 많이 들어본 대사에 하나는 살짝 미소를 지었다. 과거의 자신을 그대로 옮겨놓은 것 같았다.

"그래. 그건 네 자유지."

소희에게 천천히 다가갔다. 그리고 예전에 할머니가 자신에게 이어폰을 건넸던 것처럼 소희의 손에 피로회복음료를 쥐어줬다.

"푹 자고 맛있는 거 많이 먹어, 소희야. 원래 제일 먼저 챙겨야 하는 건 자기 자신이거든. 그게 자기를 정화하는 거고."

소희는 예상 밖의 말을 듣고 놀란 듯 눈을 동그랗게 떴다.

"지금처럼 주변을 살필 시간도, 체력도 없으면 정화도 못 하거든. 나중엔 하고 싶어도 못 하지만."

얼떨떨해하는 소희를 뒤로하고 하나가 돌아서며 손을 크게 흔들었다.

"조심히 가!"

◇

하나는 퀭한 눈으로 침대에서 일어났다.

'이래서 평일에는 술 마시는 게 아닌데.'

머리가 깨지는 듯한 숙취와 함께 일어나 어젯밤의 자신을 원망하며 집을 나섰다. 냉수 한 컵으로는 아무래도 부족했다. 시원한 이온음료로 수분과 당을 끌어 올리고 싶었지만 급한 것은 출근이었다. 지하철역을 향해 빠른 걸음으로 가던 하나는 자동차가 빽빽이 늘어선 도로를 바라봤다.

순간 무리하게 차선에 끼어들려는 한 차가 보였다. 뒤차가 경적을 세게 울렸다. 시끄러운 경적 소리가 도보에 있던 사람들의 귀에 날카롭게 울렸다.

인상을 쓰던 하나가 귀를 막고 있는 소희를 발견했다. 신경전이라도 벌이는지 앞차가 더 크게 경적을 울렸다. 소희와 하나는 다급히 지하철역 안으로 들어갔다. 지하로 내려온 소희가 백팩을 앞으로 돌려 헤드폰을 꺼냈다.

"그럴 시간에 정화하는 게 어때?"

차들은 소희의 마법 사정거리 안에 있었다. 정화 한 번이면 운전자들의 짜증과 분노가 사라졌을 것이다.

"어차피 좀 있으면 또 저럴걸요? 정화로는 세상을 못 바꿔요."

"세상은 바꿀 수 없겠지만 하루는, 아니 적어도 오늘 아침만큼은 바꿀 수 있잖아?"

소희가 하나의 말을 듣기 싫다는 듯 헤드폰을 썼다. 그러고는 가방을 뒤지더니 이온음료를 꺼냈다.

"전 빚지고 못 사는 성격이라서요."

하나가 음료를 받자 소희는 고개를 홱 돌려 개찰구 안으로 카드를 찍고 들어갔다. 하나는 결심한 듯 소희를 따라갔다. 회사와 반대 방향이고 지금은 출근 시간이라는 것을 알았지만 놓칠 순 없었다.

빠른 걸음으로 걷는 소희의 뒤로 바짝 붙었다.

"너 내가 어떻게 마법소녀가 됐는지 알아?"

아무 관심 없다는 표정을 지었지만, 소희의 발걸음은 눈에 띄게 느려졌다.

"내가 지각한 적이 있었는데."

소희가 헤드폰을 벗어 목에 걸었다.

"그때 어떤 할머니 짐을 들어드렸거든."

소희는 가만히 다음 말을 기다렸다.

"평소라면 그냥 못 본 체하고 지나갔을 거야. 근데 그날은 에라 모르겠다 하고 도와드렸어. 그렇게 마법소녀가 된 거지."

"그날은 왜 도왔어요?"

"어?"

소희의 질문에 오히려 하나가 당황했다.

"못 본 체했을 거라면서요. 그날은 왜 도왔는데요?"

하나는 잠시 그 얘기를 해줘야 하나 고민했다. 하지만 과거에 자신이 변했던 것처럼 소희 또한 변할 수 있을지도 모른다는 생각이 들었다.

"우리 외할머니가 비 오는 날 집 앞 계단에서 미끄러지신 적이 있어. 정신을 잃고 계단에 쓰러졌는데 택배기사님이 할머니를 발견하고 구해주셨지."

소희는 가만히 귀를 기울였다.

"우린 엘리베이터 없는 5층 빌라에 살았거든. 다들 바쁘다고 택배를 1층에 쌓아두고 갔단 말이야. 근데 그 기사님은 5층까지 올라와서 우리 할머니를 발견한 거야. 그분이 왜 거기까지 오신 줄 알아? 우리 외할머니가 사는 걸 알아서. 무거운 짐 들고 계단 오르기 힘들까봐 직접 들고 올라오신 거야."

순간 날카로운 여자의 목소리가 들렸다.

"아씨, 밟아놓고 왜 사과 안 해요!"

당황한 중년 남자가 더 큰 목소리로 맞받아쳤다.

"너 지금 뭐라고 했어?"

중년 남자의 목소리에 대결이라도 하듯 여자가 소리를 질렀다.

"왜 반말이야!"

주변 사람들 머리 위 구름이 짜증을 뜻하는 채도 높은 다홍색으로 바뀌고 있었다. 소리 지르며 싸우는 두 사람 위에도 커다란 먹구름이 생겼다.

하나가 소희를 바라보며 말을 이었다.

"네 말대로 정화로 세상을 바꿀 순 없어. 그래도 그 하루로, 그 한 번으로 한 사람의 세상을 구할 수도 있잖아? 기사님이 5층 계단을 올라와 우리 할머니를 구한 것처럼."

사람들의 다홍색 구름이 점점 커지고 있었다. 그중엔 아예 회색빛으로 변한 구름도 있었다. 하나가 커지는 먹구름 밑에서 말했다.

"정화도 이런 어두운 구름처럼 퍼져나가거든. 너 혼자서는 못 하겠지만 네가 정화한 사람들은 세상을 바꿀 수도 있지. 내가 할머니의 짐을 들어드리게 됐듯이."

가만히 얘기를 듣던 소희가 자신의 목에 걸린 헤드폰을 만지작거렸다. 하나가 소희에게 받은 이온음료를 다시 앞으로 내밀었다.

"너 빚지고는 못 산다고 했지? 이거 말고 지금 정화 한 번으로 받을게."

소희가 하나를 빤히 쳐다보다 헤드폰을 다시 착용했다.

"알겠어요. 그럼 이제 빚진 거 없어요."

소희가 헤드폰의 오른쪽을 두 번, 왼쪽을 세 번 톡톡 치고 노이즈 캔슬링 버튼을 3초간 눌렀다. 남들이 본다면 다음 곡으로 넘기거나 노이즈 캔슬링 기능을 켜는 행동처럼 보였지만 어엿한 마법 준비 동작이었다.

소희는 음료를 받지 않고 마법을 시작하기 위해 돌아섰다. 그리고 처음으로, 웃음기 있는 말투로 말했다.

"그건 내 선물이에요."

잠시 후, 주변이 조용해졌다.

"큼큼."

소리 지르던 두 사람 위의 먹구름이 사라지고 수치나 창피를 나타내는 연노란색 구름이 피어올랐다. 두 사람은 빨개진 얼굴로 헛기침을 몇 번 하더니 서로 반대 방향으로 바삐 걸어 사라졌다.

사람들 위에 떠 있던 다홍색 구름도 밝아졌다. 그 모습을 흐뭇하게 바라보던 하나가 열차 들어오는 소리에 정신을 차렸다.

"소희야. 잘했어…… 어?"

조금 전까지 앞에 있던 소희를 찾을 수 없었다. 주변에 초록색 교복을 입은 학생들은 많았지만 그중 어디에도 소희의 모습은 보이지 않았다.

언젠가 느껴본 적 있는 기분에 얼이 빠진 하나를 정신 차리게 한 것은 주머니에서 울리는 진동이었다. 핸드폰을 꺼내자 화면에 팀장 이름이 떠 있었다. 이미 9시가 지난 시각. 지각이었다.

"팀장님, 죄송한데 오늘 좀 늦을 것 같아요."

"하나 씨. 할 얘기가 있으니 늦더라도 조심히 오세요."

반차 처리 하겠다고 소리칠 줄 알았던 팀장은 생각보다 차분했다.

'이럴 리가 없는데.'

묘하게 친절한 목소리에 불안해져 서둘러 회사로 발걸음을 옮겼다.

◇

결국 10시가 넘어서야 회사에 도착했다. 다른 상담사에게 방해되지 않게 조용히 사무실 안으로 살금살금 걸어 들어갔다.

"하나 씨."

까치발로 걸어오는 모습을 발견한 팀장이 호출했다. 하나는 필살기인 죄송해죽겠다는 표정을 단단히 준비하고 팀장에게 갔다.

"죄송합니다, 팀장님."

"잘했어요, 하나 씨."

두 사람이 동시에 말했다. 서로 상대의 말에 의문을 가지고 조용히 상황을 파악했다. 팀장의 구름은 예상과 달리 뜻밖의 행운을 발견하거나 놀라움을 느낄 때 보이는 밝은 연두색이었다. 팀장이 자리에서 일어나 하나의 등을 토닥였다.

"아, 오늘 늦은 거? 신경 쓰지 마세요. 살다 보면 그럴 수도 있죠. 그것보다 이거. 오늘 업무 시작 전에 보고받았는데, 아직 못 봤죠?"

팀장이 하나를 자기 자리로 데리고 와 모니터에 띄워진 글을 보여줬다.

제 전화를 친절하게 받아주신 송하나 상담사님을 칭찬합니다. 저는 3년 전, 뇌졸중으로 쓰러진 이후 후유증으로 인해 말이 어눌합니다. 콜센터에 전화할 때는 장난 전화라는 오해도 많이 받아 통화하는 것을 꺼렸는데 송하나 상담사님은 친절하게 제 전화를 받아주셨습니다. 제 말을 끊지 않고 끝까지 들어주셔서 너무 감사드립니다.

사연을 읽던 하나는 어제의 콜이 떠올랐다. 그 콜을 받았다며 혼냈던 팀장은 지금은 잘했다며 하나의 어깨를 두드리고 있었다.

"축하해요, 하나 씨. 본사에서도 특별히 친절 인센티브 나온대요. 역시 하나 씨라니깐. 뭐 제가 교육을 잘한 덕도 있으니까, 저도 이번에 본사에서……."

이어지는 팀장의 말은 자기 자랑이었다. 하나가 해낼 줄 알았다며 어깨를 두드리는 팀장의 머리 위로 여전히 밝은 연두색 구름이 떠다니고 있었다.

어쨌거나 지각 때문에 혼나지 않아 다행이라고 생각한 하나는 자신의 자리로 돌아갔다. 허겁지겁 달려온 데다 뜻밖의 소식에 정신이 없었지만, 전화는 계속 걸려오고 있었다. 팔을 하늘로 뻗어 스트레칭을 한 뒤 자리에 앉았다. 헤드셋을 착용하기 직전, 키보드 앞에 놓인 작은 케이크를 발견했다.

주위를 두리번거리다가 콜을 받던 희수와 눈이 마주쳤다. 희수는 하나에게 윙크를 했다. 케이크 앞에는 '언니, 축하해요!'라고 적힌 쪽지가 놓여 있었다. 아마 희수는 하나가 그랬던 것처럼 휴식 시간 10분 동안 케이크를 사 왔을 것이었다.

하나가 희수에게 '고마워'라고 입 모양으로 말하며 헤드셋을 착용했다. 지각해서 뛰어오느라 목이 탔다. 긴장이 풀린 탓인지 자리에 앉고 나서야 갈증을 느낀 하나는 아까 소희가 준 음료를 가방에서 꺼냈다.

한입 마신 뒤, 콜 버튼을 눌렀다.

도레미파솔. 솔.

"안녕하십니까? 상담사 송하……."

두둥— 두둥—

헤드셋에서 예전에 들은 적 있는 드럼 소리가 흘러나왔다. 하나는 깜짝 놀라 헤드셋을 벗고 주변을 살폈다. 각자 콜에 집중하느라 아무도 이 수상한 전화를 눈치채지 못했다. 다시 조심스레 헤드셋을 착용했다. 드럼 소리는 멈췄지만 대신해서 하나의 심장이 쿵쾅댔다.

가만히 귀를 기울이자 상대방의 목소리가 들렸다.

―정식 마법사가 되신 것을 축하드립니다, 송하나 씨.

"네?"

갑자기 정식 마법사라니. 큰 소리를 내고 말았다. 무슨 일이 생겼다고 생각했는지 팀장이 다가오자 하나는 자연스럽게 솔 톤으로 말했다.

"확인했습니다. 고객님."

팀장은 다시 자기 자리로 돌아갔다.

―앞으로 활동 잘 부탁드립니다.

심장이 빠르게 뛰었다. 갑자기 마법사가 되었다는 소식을 들어서인지 아니면 앞으로 다른 마법을 쓸 수 있다는 설렘 때문인지 모르지만, 그 기저에는 다시 한번 정화 마법을 사용할 수 있다는 반가움이 깔려 있었다.

하나가 놀란 목소리를 가다듬었다.

"감사합니다. 지금까지 상담사 송하나였습니다."

전화를 끊고 주변을 둘러봤다. 모든 게 그대로였다. 마법사라고 하지만 딱히 무언가 바뀐 기분이 들지 않았다. 요술봉도 없고, 선물도 없었다. 마법을 어떻게 쓰는지 감이 잡히지 않았다.

순간 모니터의 화면에서 불빛이 깜빡였다. 콜 버튼 옆에 '마법 콜'이라는 작은 버튼이 새로 생겨 빛나고 있었다.

'언제 이런 게 생겼지?'

하나는 홀린 듯이 심상치 않아 보이는 버튼을 눌렀다.

두둥— 두둥—

드럼 소리가 들리다 멈췄다. 수화기 너머로 여자의 조심스러운 목소리가 들렸다.

—저기, 혹시 거기가 마법사 콜센터 맞나요?

하나가 씨익 웃었다.

도레미파솔. 솔.

"네. 마법사 송하나입니다. 무엇을 도와드릴까요?"

내림마단조 좀비

김호야

멀리서 볼 때는 버려진 이불 뭉치 같았다. 가까이 갈수록 사람처럼 보였다. 저물녘이라 피하지 못했다. 오토바이는 기우뚱거리다 쓰러졌고 허동참은 풀숲으로 튕겨 나갔다. 길 한가운데에 웅크리고 있던 청년이 다가왔다.

"괜찮으세요? 할아버지."

동참은 물에 빠진 사람처럼 허우적거렸다.

"길 한복판에 그렇게 앉아 있으면 어쩌라고. 이 망할 놈아."

헬멧을 뒤집어쓴 채 하는 말은 전해지지 않았다.

"뭐라고요?"

청년은 헬멧을 벗어달라고 시늉했지만 동참은 술에 취한 걸 들키고 싶지 않았다. 청년은 몸을 가누지 못하는 동참에게 손을 내밀었다. 하얗고 포동포동한 손을 보자 동참의 심사가 뒤틀렸다. 삿대질하는 동참을 뒤로하고 청년은 술주정뱅이를 부축하듯, 넘어진 오토바이를 세워주고는 사라졌다. 곧 날이 저물 테고 그 숲은 위험해질 거라는 걸, 동참은 말해주지 않았다.

"나흘 연속 지각이야."

고용주인 청국장 할멈의 눈치를 살피며 동참은 사무실 구석으로 향했다. 할멈은 뜰채로 어항을 휘젓고 있었다.

"저놈의 고물 오토바이가 또 퍼져서."

할멈은 동참에게 죽은 금붕어를 담은 비닐봉지를 건넸다.

"초록색 통에 넣어. 헷갈리지 말고, 술 좀 작작 마시고."

가운 앞섶에 돋보기안경을 늘어뜨린 할멈이 동참을 바라봤다. 동참은 술 냄새를 감추려 고개를 돌렸다.

"빠진 일손은 언제 채워줄 건데, 이대론 노르마 못 맞추는데."

지난주에만 일꾼 셋이 폐기되었다. 남은 일꾼만으로는 출하량을 맞추지 못할지도 몰랐다.

"그깟 배추 농사야 그만두면 그만이지."

서울에 다녀온 뒤로 할멈은 뾰족해졌다. 땅 임자가 수익을 창출하든지 비용을 절감하라고 닦달한 모양인데 밭뙈기에서 캐낼 돈이야 뻔했다. 직원이라곤 동참과 경비원 양승모뿐이고 농장의 일꾼들은 모두 무보수로 일했다. 할멈의 팔촌 조카이자 사십대 중반인 승모가 해고될 리 없었다. 동참은 비닐봉지를 쥐고는 사무실 구석 탁자로 향했다. 뜨거운 물을 받아 믹스커피를 털어 넣고 휘저어 할멈의 책상에 올려뒀다. 할멈은 신문지를 가림막인 양 펼쳐 들었다.

"영롱농장도 폐업 신고했고."

지난주에 주작물이 토마토였던 영롱농장이 드론 폭격을 당하고 소금 세례를 받았다. 비닐하우스는 너덜너덜해지고 상처 입은 토마

토들은 도랑에 던져졌고, 곤죽이 된 일꾼들은 할멈의 연구소로 실려왔다.

"그 좀비 해방인가 뭔가는 뭣도 모르고 날뛰어서, 개자식들."

동참은 쥐고 있던 비닐봉지를 휘둘렀다. 죽은 금붕어가 바스락거렸고, 할멈은 커피가 너무 뜨겁다고 게두덜거렸다.

◇

냄새와 소음이 숙소로 가는 길을 일러줬다. 눈알까지 시큰거리게 하는 악취에 동참은 소맷자락을 빼서 코를 막았다. 일꾼 숙소로 다가갈수록 소음은 자글자글 끓어올랐다. 파란 지붕에 미색 슬레이트 건물은 원래는 개 농장이었으나 좀비 사태 이후로 일꾼 숙소로 개조되었다. 개를 가뒀던 철망은 일꾼들에게도 맞춤이었다.

"저녁은 먹었나?"

동참은 건물 입구에 놓인 초소로 들어섰다. 교대 시간을 30분이나 넘겼다며 투덜댈 승모가 보이지 않았다. 탁자에 헬멧을 올려두던 동참은 컵라면 용기를 발견했다. 용기 안에 반도 넘게 남은 불어 터진 면발을 보자 더럭 겁이 났다. 지난 화요일에도 승모는 일꾼 하나를 으깨놓고 금요일엔 또 다른 일꾼의 양팔을 뽑아냈다. 동참은 방호복을 꿰듯 입고 허둥지둥 초소 밖으로 나섰다.

손전등 불빛이 어두운 숙소에 길을 냈다. 철망 안쪽에서 그림자 같은 일꾼들이 어슬렁거렸다. 승모는 보이지 않았다. 동참은 우리

사이에 난 통로를 바삐 걸으며 초록빛을 찾았다. 동참은 잿빛 무리에서 금세 찾아낼 수 있게 예찬이에게 초록색 야광 조끼를 입혔다. 동참이 지나가자 통로 양편에서 철조망이 철렁거렸다. 일꾼들은 촘촘한 철망에 막무가내로 몸을 부딪쳐댔다. 으르렁거리는 잿빛 덩어리들 사이로 초록빛이 어른거렸다. 한숨을 내쉬던 동참은 퍽퍽, 수박이 깨지는 듯한 소리에 사방을 두리번거렸다.

통로 끝 후미진 데에 다다른 동참은 손전등을 휘둘렀다. 쭈그리고 앉은 승모의 은빛 방호복이 번들거렸다.

"지금 뭐 하는 건가?"

동참에게 어깨를 잡혔어도 승모는 손놀림을 멈추지 않았다. 동참은 승모의 손에서 벽돌을 빼앗았다. 벽돌 아래서 곤죽이 된 손이 꿈틀거렸다. 웨딩드레스 차림의 일꾼이 멍한 눈으로 동참을 올려다봤다. 결혼식 날 좀비가 되었을 일꾼은 자기 왼손이 끊어진 것을 알 리 없었다. 승모는 식빵에 잼을 바르듯, 일꾼의 뭉그러진 손을 장홧발로 문질렀다.

"불 좀 여기로 비춰봐요."

뭉개진 손의 잔해에서 뭔가 반짝거렸다. 승모는 뒤춤에서 나무젓가락을 빼내더니 살점과 뼛조각을 헤집었다. 라면 국물로 붉어진 젓가락 끝에 반지가 걸려 나왔다.

"나중에 술 한잔 살게, 영감."

승모는 목장갑으로 반지를 문질렀다. 녹두알 만한 다이아몬드가 반짝거렸다.

"가뜩이나 일손이 부족한데, 이럼 어떡해."

"어차피 뒈진 놈들인데 뭐가 어때서."

왼손을 잃어버린 일꾼이 늙은 개처럼 으르렁거렸다. 치료제로 공격성이 억제되고 치아마저 뽑혀 나간 일꾼은 보복할 길이 없었다. 신음 소리는 울음 같기도 했다.

할멈이 알면 난리를 칠 거라는 말에 승모는 장갑을 낀 손으로 일꾼의 머리채를 잡았다. 웨딩드레스를 걸친 일꾼이 한쪽 팔을 휘두르며 허우적거렸다.

"이걸 던져주면 할멈은 좋아할걸."

동참은 승모의 팔꿈치를 잡았다.

"아직 쓸 만해."

"외팔이가 뭘 한다고."

승모는 장갑에 묻은 머리카락을 털어냈다.

"오른손은 남았잖아."

"왼손잡이면 어쩌고."

승모는 자신의 농담이 제법 마음에 들었다는 듯 키득거렸다.

"아직 안 죽었잖아. 그런데,"

승모는 뒷말을 자르고 들어왔다.

"영감은 점박이나 챙기시지."

점박이가 아니라 예찬이야, 라고 고치고 싶었지만 동참은 말을 삼켰다. 예찬이가 한몫의 일꾼 노릇을 하지 못한다는 사실이 할멈에게 알려지면 안 됐다. 승모의 한마디면 예찬이는 숙소에서 끌려 나가 발효통에 처박힌다. 손발을 놀리지 못하는 일꾼은 비료가 된다.

"저런 것들은 그냥 싹 불로 태워버려야지."

승모는 허청허청 어둠 속을 걸어 나갔다.

작년 크리스마스에 승모의 눈앞에서 기저귀를 찬 딸의 다리가 뜯겨 나갔다. 승모의 아내는 제가 낳은 아이를 알아보지 못했다. 좀비의 눈에 피붙이라고 다를 게 없었다. 승모는 아내의 뒤통수를 재봉 가위로 찍었다. 승모는 동참에게 아내를 죽인 자신을 용서하지도 못하겠고, 아이를 물어뜯은 아내를 용서할 수도 없다고 했었다.

"사람이 아니니까, 괜찮지. 이런 게 사람일 리 없잖아?"

승모는 그렇게 중얼거렸더랬다.

동참은 바닥에서 버르적대는 웨딩드레스 일꾼을 내려다봤다. 이것이 무엇이었든 예전의 그것은 아니다. 하지만 예전의 그것이 아주 아니란 법도 없었다. 예찬이는 쉽게 죽지 않을 것이다. 예전으로 돌아가지도 못할 것이다. 승모의 삽날이 웨딩드레스 일꾼의 목을 끊어놓았다. 긴 머리카락을 미역처럼 휘감은 머리통이 발치로 굴러왔다.

생각이 따라오지 못하게, 동참은 빠른 걸음으로 벽으로 향했다. 기둥에 붙은 스위치를 누르자 바닥에 전기 충격이 전해졌다. 일꾼들은 펄떡거리다 느럭느럭 움직이기 시작했다. 승모가 제자리걸음을 하는 일꾼의 어깨를 곤봉으로 후려쳤다. 동참도 벽에 서서 침을 흘리는 일꾼의 옆구리를 곤봉으로 쑤셔댔다. 몰이를 당한 일꾼들은 입구를 빠져나가 숙소 앞에 세워둔 냉동차 짐칸으로 차곡차곡 옮겨갔다. 초록 조끼를 입은 예찬이가 행렬 끝에 나타났다. 살점이 떨어지고 뼈만 앙상하게 남은 다리는 몸뚱이를 제대로 지탱하지 못했다. 걸음마를 막 배운 아기처럼 흔들거리며 걸었다. 예찬이는 금세라도 부러질 것 같은 다리로 발걸음을 멈추지 않았다. 살고 싶은 거라고 믿고 싶었다. 동참은 예찬이를 안아 조수석에 앉혔다.

"내 물건은? 승모 말론, 새 신부라던데."

등 뒤에서 할멈의 목소리가 들렸다. 동참은 예찬이가 보이지 않게 조수석 창 앞을 가로막고 섰다.

"어제 셋이나 보내줬잖아."

"그걸론 턱없이 모자라."

때마침 승모가 자루를 끌고 나왔다. 동참은 잽싸게 차에 올라타 시동을 걸었다.

트럭이 좁은 숲길로 들어서고 높다란 나무들이 흘러갔다. 악취를 눅이려고 동참은 목캔디를 혀로 굴려댔다. 정말로 농장을 접을 참인지도 몰랐다. 농장은 고전하는데 발효 비료 제작은 호황을 맞았다. 처음엔 좀비 비료에 거부감을 보이던 농부들도, 작황이 좋아지고 출하량이 늘자 주문을 늘렸다. 좀비 액비를 뿌린 토마토는 윤기가 돌고 당도가 높았고, 좀비 비료로 기른 배추는 투실투실했다. 입소문이 돌자 알음알음 주문이 밀려 들어왔다. 할멈이 일꾼들을 해치는 승모를 눈감아주는 것도 비료 재료를 손에 넣기 때문일 것이다.

농장 관리를 맡은 할멈은 발효 기술 장인이었다. 농과대학을 졸업하고 종갓집에 시집을 와 청국장을 담갔다. 한식 열풍에 참여해 샌프란시스코에 청국장 가게까지 냈지만 퀴퀴한 냄새로 주민들의 민원이 빚발쳐 폐업했다. 귀국한 뒤 두문불출하며 손자를 돌보던 할멈에게 좀비 사태는 두 번째 기회로 찾아왔다. 할멈은 대학 동창의 권유로 청국장 액비로 일꾼들을 발효시켜 비료로 만드는 법을 개발했다. 특허를 따낸 뒤 지역 활성화 대책으로 정부 지원금을 받았고, 지자체장은 할멈의 연구를 물심양면으로 돕겠다고 나섰다.

"바이오테크놀로지 산업이니까."

하지만 동참이 보기엔 할멈은 젓갈을 담그는 것 같았다. 연구소라고 하는 비닐하우스에 늘어선 파란 발효통은 젓갈 시장에 즐비한 새우젓, 아가미젓 통과 다를 바 없었다.

'농장을 접겠다니. 미친 할망구.'

방호복을 입은 동참의 등에는 땀줄기가 흘러내렸다. 숙소를 빠져나온 트럭이 산길로 접어들었다. 뒤편에서 쿵쿵, 소리가 받아졌다. 예찬이는 몸을 비틀어댔다. 동참은 한 손으로 운전대를 잡고 다른 손으로 음악을 틀었다. 내림마단조의 엘레지가 흘러나오고 예찬이는 뭐에 홀린 듯 침을 흘리며 정면을 주시했다. 짐칸에서 들려오는 소리도 잠잠해졌다. 좀비가 되면 다른 감각은 무뎌져도 청각만은 예민해진다고 했다. 임종을 앞둔 사람이 그러하듯. 차가운 건반을 오르내리던 피아노 소리는 차츰 바닥에 자욱해졌다. 좀비들은 내림마단조 음악을 들려주면 자장가에 오물거리는 아이처럼 조용해졌다.

오늘따라 달이 환했다. 달걀흰자를 푼 듯 탁한 눈동자에 비친 달은 어떤 모양일까.

헤드라이트 불빛이 산길을 훑고 지나갔다. 조금이라도 빨리 일터로 가서 작업 속도를 높여야 한다. 농장이 사라지면 예찬이와 자신의 앞날도 캄캄해진다. 비포장도로를 오르자 트럭이 출렁거렸다. 잠든 예찬이의 머리통이 흔들거리고 룸미러에 매단 가족사진도 요동쳤다. 과속은 금물이다. 자칫하다가 짐칸에 실린 일꾼들의 머리통이 떨어질지도 모르니까.

◇

골대를 맞고 떨어진 공이 잔디밭을 굴렀다.

"눈은 어디다 뒀어, 저런 게 뭔 놈의 국가대표."

7·8 사태 당시 동참은 방에서 혼자 축구 경기를 보고 있었다. 의사는 술을 마시지 말라고 당부했지만, 축구 경기에 소주가 빠지면 안 된다. 딱 한 병만 마시기로 했다. 전반전에 반병, 쉬는 시간에 화장실에 다녀오고 후반전에 나머지 반병.

하지만 여태껏 동참의 인생이 그랬듯 일은 뜻대로 풀려나가지 않았다.

전반전이 끝나고 동참은 화장실로 향했다. 바지를 추스르며 나오다가 예찬이의 방문 아래로 흘러나오는 불빛을 발견했다. 동참은 조금 망설이다가 문을 두드렸다. 집에 들어왔으면 축구나 같이 보자는 말로 서먹함을 눙치려 했다. 아들의 얼굴을 본 지 한 달이 넘었다. 마당에서 오토바이 시동을 거는 소리가 들렸다. 동참은 쪽창 너머로 오토바이 꽁무니를 내다봤다.

"이 새끼 또 맨머리로 나갔네."

침대 위에는 시뻘건 헬멧만 동그마니 놓여 있었다. 동참이 거금 5만 원을 주고 산 헬멧을, 예찬이는 고추장 단지라고 하며 쓰지 않았다. 만약 그날 예찬이가 헬멧을 쓰고 있었다면 이야기는 달라졌을지 모른다. 동참은 티브이 앞에 주저앉았다. 소주를 따르며 화면을 주시하는데 뭔가 이상했다.

'왜 축구장이 사람들로 와글거리지? 왜들 저렇게 뛰어다니지?'

동참이 화장실에 간 사이에 무슨 일이 벌어진 듯싶었다. 화면 하단에 속보가 흘러갔다. 물에 휩쓸린 개미 떼처럼 붉고 검은 글자들이 지나가다가 경기는 중단되고 뉴스룸이 등장했다. 아나운서는 격앙된 목소리로 소요 사태에 대해 알렸다.

예찬이는 전화를 받지 않았다.

사태는 걷잡을 수 없이 번져갔다. 방호복을 입은 사람들이 티브이에 자주 등장했고, 보라색 점퍼를 입은 관료들이 둘러앉은 모습이 종종 보였다. 교통카메라는 고속도로를 느리게 흘러가는 검은 물결을 보여줬다.

실종 신고를 냈지만 예찬이의 행방은 오리무중이었다. 농협 뒤편 논두렁에 처박힌 오토바이만 발견되었다. 동참의 속은 타들어갔지만 마을 입구에 군부대가 진을 치고 사람들의 출입을 막았다. 산을 타고 넘다가 총에 맞을 위기를 넘긴 뒤, 동참은 근 일주일 동안 티브이 앞을 서성였다. 보건당국은 위생 관리와 안전 확보에 힘써줄 것을 요청했다. 마땅한 대책은 없었다. 사람들은 각자의 방에 처박혔다. 동참은 방에 틀어박혀 침침한 눈을 홉뜨고 핸드폰 화면을 들여다봤다. 자잘한 글자로 갖은 '설(說)'들이 어른거렸다. 사망자와 부상자를 알리는 기사 옆으로 광고도 함께 떴다. 떠오르는 화면들은 좀비 퇴치용 총이나 개인용 방공호, 음파 발생기를 사라고 검질기게 권유했다. 화면을 바꿔도 광고는 좀비처럼 연신 등장했다.

동참은 지금도 그 일이 왜 일어나게 됐는지 모른다. 손가락을 놀려 얻는 정보는 빤했다. 스마트폰이 어떤 원리로 작동하는지, 서브프라임 모기지론이 어떤 메커니즘으로 파국을 낳는지 모르듯. 동참 같은 부류는 그저 '영향'만 받았고 파도에 밀려 가지 않게 버둥거릴 따름이었다.

동참은 그저 예찬이가 돌아오기를 기다렸다. 소주병들이 부엌 한구석에 늘어섰다. 좀비 사태는 느닷없이 해결 국면에 접어들었다. 다국적 제약회사가 억제제를 개발했고 좀비 증상이 발현된 환자들에게 투여되었다. 공격성은 줄어들었고 부패는 억제되었다. 하지만 치료제가 아니어서 원래 상태로 되돌려놓지는 못했다. 반쯤 썩은 사람들을 거두는 정신병원이나 요양원은 포화 상태에 이르렀다. 수용소를 짓고 관리하는 데는 비용이 많이 들었다. 구제역이나 조류독감 때처럼 구덩이를 파고 묻을 수는 없었다.

상처를 딛고 희망찬 미래를 건설하는 데 좀비 처리는 걸림돌이었다. 좀비를 '재활용'하자는 제안이 나왔다. 열악한 산업 현장에 투입하여, 인력을 충당하며 그들과의 공존을 꾀하자는 취지였다. 좀비 자원 개발 단체, ZRD(Zombie Resources Development)가 결성되었다.

각계에서 환영하는 목소리가 높아졌다. 좀비 일꾼은 월급을 주지 않아도 되며, 잠을 자지도 않고, 단순 작업을 반복해도 지루해하지 않는다. 휴가를 주지 않아도 불만을 터뜨리지 않고, 노조를 결성하거나 파업하지 않는다. 원체 부서진 몸뚱이라 산업재해를 입어도 보상하지 않아도 된다.

ZRD 활성화로 경기는 잠시 회복세를 보였다. 각종 인력 파견 업체에서 사냥으로 일꾼을 확보했다. 좀비들은 국가의 그늘에서 묵묵히 일했다. 방사능 폐기물 처리, DMZ 지뢰 처리, 광산, 태양광 발전을 위한 벌목 현장 등 사람들이 기피하는 작업장에 투입되었다.

좀비들은 예체능 업계에 활용되기도 했는데, 프릭 쇼에 동원되거나 서바이벌 게임의 사냥감으로 활용되었다.

동참이 예찬을 발견한 건 겨울이 막 시작되었을 무렵이었다.

'점박이의 살 빠지는 줄넘기.'

화면 속으로 채플린의 무성영화 같은 동영상이 흘러갔다. 얼굴이 보이지 않는 목소리가 노래를 불렀다.

"꼬마야, 꼬마야, 뒤를 보아라."

느려터진 좀비는 좀처럼 줄을 넘지 못했다. 팽팽한 줄은 채찍처럼 좀비의 다리를 휘감았다. 종아리 살을 뜯어내고 허벅지를 발라내고 발목을 부러뜨렸다. 살점이 군데군데 떨어진 다리는 닭뼈처럼 앙상하게 드러났다.

줄넘기하는 좀비의 얼굴이 클로즈업되었다. 이마에 난 반달 모양 얼룩과 짝짝이 귀. 동참은 뚫어져라 멈춰진 화면을 바라봤다.

'점박이의 30킬로그램 극적 감량!'

축하 방송은 동참의 난입으로 중단되었다. 전동 톱이 예찬이의 왼쪽 팔을 잘라내기 직전이었다. 광대 모자를 쓴 예찬이는 아버지를 알아보지 못했다. 유튜버는 인력 회사에서 매입했기 때문에 아무런 법적 문제가 없다고 되레 핏대를 세웠다. 동참은 송아지 한 마리 값을 치르고, 몸통에 닭뼈 같은 다리만 꽂혀 있는 예찬이를 구해냈다. 집에 데려가고 싶었다. 하지만 좀비를 사람이 사는 곳에 두는 것은 엄격하게 금지되었다. 좀비가 된 가족을 숨긴 사람은 법에 의해 5천만 원 이하 벌금과 징역 3년에 처했다. 예찬이와 함께 지내려면 집과 일터를 떠나야만 했다.

동참은 수소문해 농장에 취직했다. 쓸모가 별로 없는 일꾼을 껴묻었다는 이유로 월급은 턱없이 깎였다. 하지만 이것저것 따질 순 없었다. 예찬이와 함께라면 무엇이든 감당해야만 했다.

하지만 그 시간도 얼마 남지 않았다. 예찬이의 몸뚱이는 자꾸 줄어들고 동참의 위장 내벽에 자리 잡은 암 덩이는 점점 몸을 불려가고 있었다.

◇

망루에 앉은 동참은 소주를 홀짝거렸다.

군데군데 세워진 풍력발전기는 천천히 바람을 헤집었다. 겨울 끝자락이라 바람은 찼지만, 해발 1410미터의 공기는 맑았다. 술을 마서도 좀처럼 취하지 않았다. 칠십 평생 이렇게 편한 직업을 가져본 적이 없다고 동참은 생각했다.

그저 지켜보기만 하면 그만이다. 산꼭대기 돌밭에서 일꾼들은 곡괭이질을 한다. 반복적인 움직임은 좀비의 특기니까. 어떤 일꾼은 돌을 골라내고 누구는 돌덩이를 나르고, 다른 일꾼은 돌무더기를 쌓아 올렸다. 계속 같은 일만 시킨다고 불평을 늘어놓는 법도 없었다.

모든 것이 평화롭게 굴러갔다. 봄이 되면 여기 배추밭이 꾸려질 것이다. 동참은 소주를 병째 들이켰다. 얼큰하게 취한 눈에 비친 세상은 그저 아련했다. 그림엽서 같은 풍경 속으로 초록 불빛이 깜빡였다. 예찬이가 저기, 허수아비처럼 서 있었다. 아무것도 심지 않은 돌밭에 허수아비 같은 건 필요 없다. 하지만 예찬이가 할 수 있는 일은 달리 없었다. 쓸모가 다한 일꾼은 비료로 환생한다.

동참은 핥듯이 소주를 홀짝거렸다. 술은 허무맹랑한 얘기도 그럴싸하게 만들어준다. 억제제를 고안해냈듯이, 치료제도 개발되고 점박이는 다시 예찬이로 돌아온다. 예찬이는 과거는 잊고 월급을 받는 일을 하다가 붙임성 좋은 여자와 살림을 꾸리고 엉덩이가 투실하고 눈이 맑은 손자를 동참에게 안겨준다. 하지만 그런 날이 언제 올지는 아무도 모른다. 동참의 몸속에서 암 덩이만 무럭무럭 자라났다. 예찬이의 살점은 계속 떨어져 나가고 해골 모형처럼 뼈다귀만 남겠지. 좀비는 죽지 않는다, 다만 사라질 뿐이다. 좀비는 치유 대상이 아니라 처리 대상이니까. 보건소에서는 동참에게 끼니처럼 먹을 진통제만 처방하고 큰 병원에 가라는 말을 더는 하지 않았다.

동참은 빈 소주병을 볼링 핀처럼 세웠다. 지쳤다는 생각, 때려치우고 싶다는 생각을 그만두고 싶었다. 머리를 떼서 굴려 한꺼번에 넘어뜨리면 어떤 소리가 들릴까. 후련할까. 섭섭할까.

일꾼들이 웅성거리는 소리에 동참은 고개를 들었다. 사방을 휘둘러보던 동참의 눈에 뭔가 걸려들었다. 안개로 감싸인 흐릿한 풍경 속에서 출렁출렁 일꾼들이 흘러갔다. 동참은 끈 떨어진 망원경을 집어 들고 자리에서 일어났다. 일꾼들이 들판 서쪽을 향해 흔들흔들 걸어갔다. 영롱농장을 습격했던 떼들이 몰려든 건지도 모른다. 좀파라치가 숨어든 건지도 모른다. 어느 쪽이건 예찬이에게 좋을 건 없었다. 동참은 헬멧을 쓰고 허둥지둥 망루를 내려갔다. 마지막 계단에서 미끄러져 엉덩방아를 찧었다.

절름거리며 숲으로 달렸다. 발밑으로 돌멩이가 차였다. 등에 멘 엽총이 들썩거렸다. 입김이 하얗게 들락거렸다.

지난달에 다크투어 참가자가 길을 잃고 농장 근처를 헤맸다. 좀비들이 모인 농장은 안전 규칙만 준수하면 관광이 가능했다. 좀파라치는 영상을 찍고 그걸 증거 삼아 노동권을 따지며 협박해댔다. 하지만 그들은 이런 산간마을까지 발품을 팔지 않았다. 도시에도 기삿거리는 충분했으니까. 좀비 해방 단체 '그린 서포터'는 좀비 인권이 충분히 보장되지 않고 있다고 목소리를 높였다. 아무도 좀비를 인간으로 취급하지 않는 현실에서 인권이란 유니콘의 뿔처럼 허무맹랑한 소리에 불과했다. 골칫거리는 ZFK(Zombie Freedom Korea)라 불리는 좀비 말살 자경단과 그린 서포터였다. 한쪽은 좀비 말살, 다른 쪽은 좀비 인권 보장을 내걸고 활동했다. 목적은 정반대였지만 해법은 같았다. 양쪽은 청소와 해방을 들먹이며 좀비를 세상에서 지우려 했다.

'빌어먹을 놈들, 지들이 뭘 안다고.'

근력이 떨어지는 노인네인 동참은 좀비를 감시하기에도 버거웠다. 하물며 좀비를 지켜주는 건 불가능했다. 몸싸움으로 이길 자신이 없었다. 총은 쏘고 싶지 않았다. 겁만 줘서 쫓아 보내고 싶었다.

"사유지야. 나가, 안 나가면 쏜다."

동참은 총을 휘두르며 숲으로 들어갔다. 손전등이 낸 길이 숲을 휘저었다. 발소리가 난 곳으로 총구를 겨눴다.

나무 사이로 맑은 눈동자가 반짝였다. 새끼 고라니가 머루 같은 눈망울로 동참을 바라봤다. 다리에 힘이 빠져 주저앉을 것 같았다. 동참이 발을 구르자 고라니는 튕겨 나가듯 뒤돌아 궁둥이를 실룩거리며 숲 저편으로 사라졌다.

목이 뻐근하고 팔다리가 욱신거렸다. 이렇게 언제까지 버틸 수 있을지 알 수 없었다. 몸과 마음, 머리가 따로 놀고 있는 느낌. 일꾼들처럼, 안갯속을 한없이 헤매는 마음.

갓밝이에 동참은 일꾼들을 숙소로 밀어 넣었다. 바리케이드를 쳐둔 검문소를 통과해 읍내로 향했다. 농협 건물을 보자 안심되었다. 공포 영화를 상영하는 극장에서 빠져나와 현실 세계에 들어선 느낌이었다. 셔터를 내린 상점가를 지나쳐 목욕탕 앞에 오토바이를 세웠다. 몸에 밴 악취를 씻어내고 싶었다.

목욕탕에 들어선 동참은 평소와 다른 풍경에 어리둥절했다. 평소에는 노인네 몇 명이 죽치고 있던 목욕탕이 젊은이들로 북적였다. 간혹 젊은이들이 이 산골로 래프팅이나 캠핑, 스키를 타러 오던 시절도 있었다. 하지만 7·8 사태가 터진 뒤로 가뜩이나 젊은이가 없던 마을엔 청년의 씨가 말랐더랬다. 젊은이는 좀비보다 희귀했다.

동참이 들어서자 젊은이 몇몇은 코를 싸쥐고 고개를 돌렸다. 아픈 명치를 달래며 옷을 벗어 사물함에 넣고 대욕탕에 들어섰다. 죄지은 사람처럼 구석 자리에 처박혀 샤워기로 물부터 뿌렸다. 벌거벗은 청년들의 목소리가 우렁우렁 울렸다.

"왜 자꾸 추락하는지 모르겠어."

"볼트를 제대로 조였어야지."

"기체 프레임만 멀쩡하면 괜찮대."

"그 영등포에 있다는 학원, 다닐 만해? 돈값은 해?"

욕탕을 울리는 목소리, 열기를 띤 목소리들. 신음 소리가 아닌, 짐승의 울음소리가 아닌, 사람의 소리. 동참의 귀가 굶주린 듯 그 소리들을 빨아들였다. 수챗구멍으로 머리카락이 구불구불 흘러 들어갔다. 동참은 웨딩드레스 일꾼의 뒤통수에 말꼬리처럼 붙어 있던 긴 머리 뭉치를 떠올렸다. 고개를 털고 동참은 이태리타월로 살갗이 벗겨져라 몸을 문질렀다.

"등 밀어드릴까요?"

동참은 눈으로 흘러드는 비눗물을 걷어냈다. 통통한 체격의 젊은이가 동참을 보고 있었다.

"돌아앉아보세요."

젊은이가 등을 문지를 때마다 동참의 몸은 흔들렸다. 동참은 듬직한 손길에 몸을 맡겼다. 사람일 때 예찬이는 90킬로그램이 넘는 거구였다. 아내가 떠나고 나서 어린 예찬이는 라면과 과자로 끼니를 해결했다.

동참은 아내가 집을 나가기 전 아내와 예찬이가 나눴던 대화를 떠올렸다. 유치원 아이들이 예찬이 이마에 난 흉터를 놀려댔다며 울면서 집에 돌아왔을 때였다. 아내는 그건 그냥 흉터가 아니라 이마에 뜬 반달이라고 달랬다.

"우리는 가난하니까 달도 반쪽밖에 없는 거야?"

예찬이가 이지러진 흉터 자국을 문질렀다.

"달은 잘라지지 않아. 그저 다른 쪽을 밤하늘에 묻어둔 거야."

초등학교에 들어가자 예찬이는 더는 엄마를 찾지 않았다. 아버지와 아들은 많은 걸 함께 이겨내야만 했다. 동참은 참기 위해 술을 마셨고 버티기 위해 욕을 퍼부었고 견디기 위해 문을 닫아걸었다. 고등학교에 들어가자 예찬이는 오토바이를 샀다. 동참이 잔소리하자 예찬이는 달리면 땀 냄새도 날아가니까, 라는 토막말만 던졌다. 학교를 그만두고 걸핏하면 마을 밖으로 빠져나갔다. 어디로 가려는 건지 그저 도망치려는 건지 알 수 없었다.

"개운하시죠, 어르신."

동참은 눈을 떴다.

"내가 좀 밀어주랴?"

청년은 괜찮다고 했지만, 동참은 고집을 부렸다. 청년의 너른 등짝이 동참 앞에 놓였다. 살아 있는 살이었다. 썩지 않고, 상처도 없는. 팔에 힘이 들어가지 않았다. 행주로 식탁을 문지를 정도의 기운밖에 남지 않았다.

"저는 괜찮아요. 쉬세요."

혼자 남은 동참은 물을 끼얹고 욕탕에 몸을 담갔다. 미지근한 물에 잠긴 수초처럼 편안해졌다. 세상은 온전히 돌아가고 있는 것 같았다. 썰물과 밀물을 번갈아 갈마드는 바다처럼 아무것도 변한 건 없는 것 같았다. 이대로 잠들어도 좋겠다. 따뜻한 물, 사람들의 목소리에 감싸인 채. 아주 녹아서 사라질 수 있다면.

"어르신, 어르신!"

누군가 어깨를 잡아 올렸다. 코로 들어온 물이 매웠다.

동참은 허우적거리며 욕탕에서 몸을 일으켰다. 콧물과 눈물이 쏟아졌다. 젊은이는 동참을 부축해 밖으로 데리고 나왔다. 동참은 평상에 누워 숨을 골랐다. 등에 나무판자가 끈적하게 들러붙었다. 초록 티셔츠를 입은 청년이 수건으로 머리를 털며 다가왔다. 목욕탕 열기로 뺨이 발그레했다.

"우유라도 하나 꺼내 마셔."

동참이 검질기게 권하자 청년은 바나나우유를 꺼내 들었다.

"잘 마시겠습니다. 감사합니다."

청년은 회화 교본을 읊듯이 인사했다. 동참은 돌아서는 청년의 등과 다시 마주했다. 티셔츠의 등판에 프린트된 좀비를 봤다. 벌판에서 있는 좀비는 웃고 있다. 초록 티셔츠에 찍힌 ZFK 마크. 농장의 재산을 훼손하고 좀비의 숨통을 끊는다는, 좀비 말살 자경단.

"나도 바나나우유."

"난 우유만 마시면 설사하더라."

"락토프리를 마시면 돼."

초록 티셔츠들은 냉장고 앞에서 짓까불고 놀았다. 동참은 천장을 올려다봤다. 감은 눈 속에서 어린 예찬이가 눈덩이를 굴리며 놀았다. 배부른 눈사람이 동참을 보고 웃었다.

◇

동참은 손수레를 끌고 승모의 뒤를 따라나섰다. 영롱농장을 망가뜨린 놈들을 읍내 목욕탕에서 만났고, 그들이 아무래도 조만간 여길 습격할 거라는 말을 주워 넘겼다. 돌 위를 굴러가는 손수레는 자꾸 기우뚱거렸다.

"허튼소리 안 하던데."

승모는 그들과 어제저녁 만나 술잔도 나눴다고 했다. 동참은 '윤추자 발효 연구실' 앞을 서성거리며 돌멩이만 차댔다.

"좀 바짝 붙여요."

20분 뒤에 포장을 덮은 덤프트럭이 들어왔다.

"여기다 내리면 됩니까?"

승모의 손짓에 따라 덤프트럭은 비닐하우스 입구에 꽁무니를 바짝 댔다. 조수석에서 방호복을 입은 남자가 내렸다. 승모는 서류에 할멈의 이름을 흘려 썼다.

덤프트럭의 적재함이 기울어지고, 시큼한 악취를 풍기는 덩어리들이 쏟아져 내렸다.

"얼른 안쪽으로 옮겨."

동참은 삽질을 시작했다. 비닐에 떨어진 진초록 덩어리들을 떠내 손수레에 실었다. 승모는 손수레를 비닐하우스 안쪽으로 운반했다. 화학 약품에 노출된 일꾼들의 몸뚱이는 걸쭉하게 녹아내렸다. 초록색 가래 덩어리 같았다. 남쪽 바닷가의 화학 약품 공장에서 사고가 났다고 했다.

"이걸 이렇게 그냥 이래도, 이건 아닌데."

동참은 혼잣말처럼 뇌까렸다. 승모는 마스크를 건네줬다. 3천 원에 다섯 장짜리 마스크는 휴지처럼 얇았다.

"그게 아니라, 이것들이."

살덩이 속으로 눈알과 치아가 보였다. 털 덩이로 뭉텅이졌다. 저건 한때 입술, 이건…… 목구멍으로 신물이 올라왔다.

"사람들 눈에 띄기 전에 얼른 처리해야 한다니까."

승모는 삽으로 덩어리를 떠냈다. 동참이 손수레를 기울이자 물컹거리는 덩어리가 쏟아져 내렸다. 동참은 수건으로 목덜미를 닦았다.

"이게 마지막이야?"

할멈은 수레에 담긴 덩어리를 살피며 태블릿을 두드렸다.

"아무래도 통을 더 주문해야겠네."

비닐하우스 안은 후덥지근한 열기로 가득했다. 동참은 파란색 PVC통이 줄지어 놓인 안쪽으로 향했다. 발효통은 제작 일자에 맞춰 놓여 있다. 할멈은 좀비의 살은 녹이고 건져낸 뼈는 갈아 골분으로 만들었다. 좀비는 한 점도 남김없이 활용되었다.

동참은 새 PVC통을 굴러 와 맨 앞줄에 세웠다. PVC통은 일꾼들의 관이나 마찬가지였다. 할멈이 통에 날짜와 번호를 매직으로 쓰는 동안, 동참은 세발수레에 담긴 시신을 삽으로 퍼내 망 속에 집어넣었다.

"그냥 넣으면 안 되나."

승모가 투덜거리자 할멈은 통에 무작정 넣으면 바닥에 찌꺼기가 엉겨 붙어 나중에 세척하기 곤란해진다고 했다. 통 입구에 걸쳐놓은 막대기에 망을 매달자 허리가 끊어질 것 같았다. 동참은 욱신거리는 허리를 두드렸다.

"이렇게 막 둬도 흙으로 녹아들 텐데."

소장은 동참의 어깨를 두드리고는 비닐하우스를 떠났다. 할멈은 혀를 차댔다.

"그것들은 다 유독물질이야. 이렇게 발효시켜서 유독물질을 빼야 건강한 흙이 되지."

할멈은 부패와 발효는 영판 다른 것이라고 했다. 부패는 그저 썩는 것이지만 발효는 유용한 것이 되어가는 과정이라고.

"수목장을 치러주는 셈이지."

사람들은 이 비료가 좀비를 삭혀 만든 거라는 걸 알고 있을 것이다. 생태계의 순환이며 환경을 보호하는 일이며 좀비들에게 안식을 안겨주는 일이라고 포장했다. 미래를 위한 착한 재활용, 좀비는 그렇게 가치 있게 사라진다.

할멈이 스위치를 올리자 발효통 안에서 기포가 부글거렸다. 찌개가 끓는 듯한 소리를 들으며 동참은 할멈이 건네준 음료수 병을 받아들었다. 장갑을 벗고 병을 돌려 따서 할멈에게 건넸다. 발효통을 바라보는 할멈의 눈이 가느스름해졌다.

"앞으론 더 바빠질 게야."

그 뒷모습을 보며 동참은 삽을 지팡이 삼아 비틀비틀 일어섰다.

"농장은 어쩌고?"

초소에서 짐을 꾸리던 승모는 농협 마크가 찍힌 텀블러를 선물이라며 던져줬다.

"못 들었어요? 다음 주에 농장 닫아."

동참은 승모의 뒤를 따라갔다.

"그만두면 저것들은 어쩌고."

"원체 인간은 흙에서 태어나 흙으로 돌아가는 법이지."

승모는 할멈이 입버릇처럼 뇌까리던 말을 반복했다.

저 너머로 일꾼 숙소의 파란 지붕이 보였다. 어둠 속의 잿빛 덩어리들, 그 속에서 깜빡이는 초록 불빛을 떠올렸다. 마음은 환해지지 않았다. 동참은 삽을 팽개치고 사무실로 달려갔다.

할멈은 수화기를 든 채 동참을 바라봤다.

"거기 배추밭을 만든다고 했잖소."

동참은 헬멧을 움켜쥐었다.

"배추는 무슨, 얼어 죽을 배추."

동참은 헬멧으로 책상을 쿵쿵, 두드렸다.

"땅을 고르고 거기에 배추를 심는다고!"

배추 씨앗은 배추 새싹이 되고, 몸통엔 잎이 차오르고 푸릇해지고 풍성해지고 뽑아내어 소금에 절이면 한국인의 식탁에 없어선 안 되는 김치가 된다. 봄이 되고 여름이 오고 김장철까지 일꾼들은 부지런히 일한다. 배추는 쓸모를 낳는다. 좀비를 살게 한다.

할멈이 다가와 두루마리 휴지를 건넸다. 휴지를 받아 들고 나서야 동참은 자신이 울고 있다는 걸 알았다. 승모는 할멈이 이번 사태로 아들과 며느리, 손녀를 잃었다고 말했더랬다. 발효는 할멈이 선택한 버티는 방식일지도 모른다. 할멈의 눈길이 까맣게 타들어간 동참의 얼굴을 살폈다.

"놔줘. 이제 그만."

고개 숙인 동참의 눈에 눈코입이 지워진 그림자가 내려다보였다.

◇

오늘따라 달이 밝다. 동참은 망루에 앉아 하늘을 바라봤다.

외눈박이의 노랗고 큰 눈, 달이 환했다. 세상이 태어날 때부터 달은 이 땅을 내려다봤을 것이다. 생겨나고 사라진 모든 것을 비춰줬을 터였다.

동참의 시선이 들판으로 향했다. 버릇처럼 초록 불빛을 찾았다. 그것이 자신의 마음에 불을 켜주길 바라듯. 검은 새 한 마리가 눈에 들어왔다. 그리고 둘, 다섯, 일곱, 여덟, 열하나. 동참은 손을 더듬어 망원경을 잡았다.

밥솥 같은 비행 물체는 오르락내리락 움직였다. 수직 이동하는 새는 없다. 일꾼들은 거추장스러운 모기를 피하듯 이리저리 움직였다. 대열이 흩어졌다. 드론이 떼 지어 날아다녔다.

망루에서 미끄러지듯 내려온 동참은 허리춤에서 곤봉을 꺼내 휘둘렀지만 속수무책이었다. 고기가 타들어가는 냄새가 났다. 일꾼들은 전기가 흐르는 펜스에 몸을 부딪쳐댔다. 동참은 어지럽게 날아다니는 드론과 타들어가는 일꾼들 사이에서 어쩔 줄을 몰랐다. 혼자서 50명의 일꾼을 막을 수도, 허공을 떠도는 드론을 잡을 수도 없었다.

예찬이는 멍하니 한자리에 꽂혀 있었다. 드론에서 녹음된 음성이 흘러나왔다.

"좀비에게 평화를, 안식을, 정당한 죽음을!"

드론에 매달린 바구니가 터졌다. 하얀 알갱이들이 쏟아져 내렸다. 눈처럼 보였지만 눈이 아니었다. 동참은 어깨에 묻은 알갱이를 입에 넣었다. 짜디짰다.

드론은 소금을 흩뿌리며 날아다녔다. 일꾼들의 몸에 허연 알갱이가 후두둑 떨어져 내렸다. 소금 비를 맞은 일꾼들은 하나둘씩 쓰러졌다. 일꾼들의 어깨에 소금이 쌓였다. 소금은 좀비들의 몸을 녹였다. 동참은 달려가 일꾼의 몸에서 소금을 털어냈다. 녹은 살점이 손에 묻어났다. 일꾼들은 고개를 들고 턱이 빠져라 입을 벌렸다. 가뭄을 끝낼 비를 맞는 것 같았다. 동참은 엽총을 어깨에 메고 돌밭을 달렸다.

입고 있던 점퍼를 벗어 예찬이를 덮었다. 동참은 허공을 겨냥하고 마구잡이로 총질을 해댔다. 총성은 일꾼들을 들쑤셔놓을 뿐이었다. 드론 한 대가 예찬이 근처를 선회했다. 동참은 돌멩이를 주워 던졌다. 드론은 기우뚱거리다 예찬이 근처로 추락했다.

"좀비에게 평화를, 안식을, 정당한 죽음을!"

머리 위를 떠다니는 드론에서 힘찬 구령이 들려왔다.

'누가 누구에게 자유를 준다고.'

일꾼 하나가 물끄러미 동참을 바라봤다. 눈에 낀 백태는 사라져 있었다. 안개가 걷힌 듯 눈동자가 맑아졌다. 진녹색 뺨 위로 눈물이 흘러내렸다. 일꾼은 작별 인사를 건네듯 입을 뻥긋거렸다. 나즈막한 비명은 노랫소리 같았다. 어깨가, 얼굴이 촛농처럼 녹아내렸다. 온몸이 중력에 순응하듯 땅으로 흘러내렸다. 일꾼들의 뻣뻣한 몸은 뭉클거리는 덩어리로 변해갔다.

잡목 숲 저편에서 초록빛이 어른거렸다. 동참이 가까이 가자 병아리 떼처럼 달아났다. 그중 한 명의 등짝이 눈에 익었다. 달아나던 초록 티셔츠가 나무뿌리에 걸려 넘어졌다. 동참은 쓰러진 청년에게 엽총을 겨누었다. 뺨이 발간 청년은 양손을 들고 떨었다.

"네들이…… 무슨 짓을 했는지 알아!"

동참의 가슴팍이 오르내렸다.

"네들은 살인자야. 우리는……."

청년은 고개를 주억거리며 울먹였다.

"불쌍해서 그랬어요. 도와주려고. 죄송합니다, 죄송합니다."

동참은 통통한 청년의 정수리를 내려다봤다.

"네들이…… 뭘 안다고."

목욕탕에서 깨어났을 때 동참은 제 옆에 놓인 바나나우유를 봤었다. 청년과 닮았다고 생각하며, 동참은 달고 차가운 우유를 마셨다. 달콤한 노란 액체가 목구멍으로 흘러 들어갔을 때의 감정이 치밀어 올랐다.

"어르신, 저기, 너무 아픈데."

그제야 동참은 자신이 청년의 손목을 그러쥐고 있다는 걸 알았다. 벼랑 끝에서 거머쥔 어떤 식물의 뿌리처럼.

"제발, 좀, 놔주세요."

울먹이는 소리에 동참의 손에서 힘이 빠져나갔다. 청년은 불붙은 종이라도 된다는 듯 동참의 손을 털어냈다. 손목 둘레엔 벌건 손자국이 남았다.

청년이 뒤뚱거리며 달아나고 사방은 잠잠해졌다. 들판엔 일꾼들이 널려 있었다. 움직이는 건 풍력발전기밖에 없었다. 동참은 소금을 털어내며 예찬이에게 갔다. 봄볕을 받은 눈사람처럼 아들은 허물어지고 있었다. 예찬이의 손가락뼈가 움찔거렸다. 땅에 놓인 피아노 건반을 두드리듯.

동참은 예찬이를 덮고 있던 점퍼를 걷어냈다. 마주 본 눈 속은 컴컴했다.

"예찬아."

예찬이가 천천히 동참을 봤다.

세상에 둘만 남겨진 것 같은 날들이 많았다. 둘은 역전의 용사였다. 받아쓰기 점수를 보고 기뻐했고, 운동회에서 고함을 쳤고, 교무실에서 함께 고개를 주억거리기도 했다. 동참이 큰 눈덩이로 몸통을 세우면 예찬이가 만든 작은 눈덩이는 머리가 되었다.

들판엔 동참과 예찬이만 남았다. 서로를 마지막까지 지켜줘야 했다. 안식을, 평화를 선물하고 싶었다. 동참은 주위에 뿌려진 소금을 그러쥐었다. 눈사람을 만들 듯, 아들에게 뿌려줬다. 예찬이의 정수리에 소금이 소복하게 쌓였다. 어깨에도 쇄골에도 소금 눈이 내렸다. 허물어진 몸뚱이가 찬찬히 녹아들었다. 나직한 비명 소리가 내림마단조로 이어졌다. 작별 인사였다.

동참은 어둠 속에서 허물어진 아이의 머리를 잡았다. 그리고 가만히 들어 올려줬다. 예찬이의 눈에 환한 보름달이 들어찼다.

"봐라, 보름달. 온전히 우리 차지다."

몸을 비틀던 아들의 눈이 맑아졌다. 달빛이 검은 눈동자에 깃들었다. 눈에 달을 담고 예찬이는 조용히 녹아갔다. 예찬이를 땅에 심고 나서 동참은 엽총을 들고 망루에 올라갔다.

달빛에 젖은 들판은 그림엽서 같았다. 동참은 마지막 소주를 깠다. 사람들은 이곳에 죽음만 가득하다고, 비린내를 풍기는 슬픔에 젖어 있을 거라고. 하지만 날이 따뜻해지면 이 황무지에 배추가 자랄 것이다. 바람이 불면 배추들은 내림마단조의 노래를 허밍으로 흥 얼거릴 것이다.

'원체 인간은 흙에서 태어나 흙으로 돌아가는 법이지.'

할멈의 말이 머릿속을 울렸다. 동참은 헬멧을 벗었다. 바람은 한 줌도 안 되는 머리카락을 쓰다듬었다. 일꾼들이 그림자를 끌고 동참을 향해 다가왔다. 신음 소리는 자장가처럼 들렸다.

오늘따라 보름달이 밝다. 검은 하늘에, 환한 구멍이 뚫렸다.

슬롯파더

이리예

아버지가 돌아온 것은 석 달 전이었다. 10년 만의 어처구니없는 귀가였다. 그때 나는 알바를 가기 위해 유니폼으로 갈아입고 있었다. 찾아올 사람이 없는 집인데 난데없이 벨이 울려서 당황했다. 서두르다가 이미 다리를 집어넣은 바지 한쪽에 반대편 발을 밀어 넣는 사이, 벨이 연거푸 울렸다.

"엄마! 문 열어!"

"안 해!"

"아이고, 그놈의 의심증!"

안방에서 꿍얼거리는 소리가 흘러나왔다. 너는 안 겪어봐서 몰라, 얼마나 끈질긴 놈들인지 어쩌고저쩌고. 이제는 빚쟁이들이 찾아오지 않는데도 엄마는 누군가 찾아오면 절대 문을 열려고 하지 않았다. 어둠이 내려 식당에 주방 일을 하러 갈 때가 되어야만 현관문을 열었다. 나는 발이 바짓가랑이에서 빠져나오질 않아 바닥에 엎어졌다.

"문 열라니까!"

다시 한번 소리쳤지만 이젠 꿍얼거리는 대꾸도 없었다. 바지를 다시 입고 셔츠 단추를 아무렇게나 끼우고 허둥지둥 현관으로 향했다.
어깨에 힘을 실어 뻑뻑한 문을 열자 오후의 짙은 햇살이 쏟아져 들
어왔다. 나도 모르게 눈을 찌푸렸다. 한 남자가 그 속에 서서 나를 마
주하고 있었다. 그가 내 앞으로 한 발짝 다가왔고, 나는 놀라 한 걸음
물러섰다. 남자가 말했다.

"정혜숙 씨, 한지현 씨 댁 맞으시죠?"

나는 멍하니 고개를 끄덕였다. 그제야 그의 복장이 눈에 들어왔
다. 택배기사였다. 내가 고개를 끄덕이자 그는 싱긋 웃었다.

"물건 가져올 테니 잠시만 기다리세요."

기사는 햇살 속으로 사라졌다.

"뭐 산 거라도 있니?"

꼼짝도 하지 않던 엄마가 방에서 목을 쭉 빼고 물었다.

"돈 없는 거 알잖아."

엄마는 어휴, 하고 한숨을 뱉었다.

"난 알바 갈 거니까 엄마가 받아."

"안 해!"

엘리베이터에서 땡 소리가 나기만을 기다렸다. 물건만 받으면 바
로 튀어 나갈 생각이었다.

곧 드르륵, 하고 바퀴 구르는 소리가 들리더니 소형 냉장고 정도 크
기의 기계가 실린 핸드카를 밀며 기사가 돌아왔다. 나는 눈을 깜빡 감
았다 떴다. 현관에서 뒷걸음질 쳐 거실로 물러나야 했다. 커다란 기
계에 기사의 모습이 가려져서인지 기계 스스로 집으로 들어오고 있

는 것 같았다.

　빨간색 기계는 왠지 위풍당당하고 자신만만해 보였다. 마치 내 기억 속 흐릿하게 남아 있는 아버지의 모습 같았다. 아버지는 한밤중 동네가 떠나가라 고래고래 소리를 치고 노래를 부르면서 집에 들어와 내 잠까지 다 깨워버리기 일쑤였다. 그러면 잠을 설친 나는 옛날이야기를 해달라고 칭얼댔다. 아버지는 대단한 모험담인 양 도박장 이야기를 해주곤 했는데 그곳이 어떻게 생겼는지 알 도리가 없던 나는 피터 팬의 네버랜드 같은 것을 상상하며 이야기를 들었다. 자욱한 담배 연기는 늪지의 신비로운 안개가 되었고, 그 너머로 어룽거리는 온갖 불빛은 요정이 되었다.

　그중에 제일은 슬롯머신이야. 언젠가 아버지가 한 이야기였다. 그래, 그날 밤이 기억난다. 네버랜드 상공을 떠다니던 나는 갑자기 내 방 이불 위로 추락했더랬다. 슬롯머신이 뭔지 몰라서 상상에 끼워넣을 수 없었기 때문이다. 슬롯머신이 뭐냐고 묻자 아버지는 뒷머리를 벅벅 긁으며 음, 하고 오래도록 고민하더니 말했다. 크기는 이만하고⋯⋯ 버튼하고 작은 창도 달려 있고⋯⋯ 여러 가지 많아. 내가 좋아하는 건 빨간색이고 전구가 테두리 따라 이렇게 주르륵 달려 있는 거. 구닥다리긴 한데 운빨만 있으면 되는 거니까.

　아버지에게 들은 대로 그 기계에는 테두리를 따라 꼬마전구가 달려 있었다. 기계 우측에는 곧게 뻗은 막대 하나가 있었고, 그 끝엔 빨갛고 동그란 손잡이가 달려 있었다. 그 바로 왼쪽으로는 투입구가 청테이프로 꼼꼼히 막혀 있었고, 밑에는 노란 포스트잇이 하나 붙어 있었다.

　돈을 걸 필요는 없다. 손잡이만 잡아당겨라.

　아버지의 글씨체였다. 오래도록 보지 못했지만 기억하고 있었다. 아버지는 '돈' 자를 러브 레터라도 적듯 정성을 기울여 썼으므로.

　기계 가운데엔 창이 달려 있어 그 안에 든 세 개의 원통 실린더가 보였다. 실린더엔 과일이나 화려하게 장식된 7자 같은 여러 가지 그림이 그려져 있었다. 창 위에는 그림들이 어떻게 정렬되는지에 따라 점수가 얼마나 나오는지 설명하는 표가 붙어 있었다. 아무래도 7이 세 개 늘어섰을 때 가장 많은 돈을 딸 수 있는 것 같았다. 그래, 그 말이 생각났다. 아버지는 그 순간을 잭팟이라고 했다. 손가락을 흔들며 칩이 폭포수처럼 떨어진다고 이야기했다. 칩이고 폭포수고 알지 못했으면서도 그 말투가 웃겨서 웃곤 했다.

　"앞쪽 좀 잡아주실래요!"

　기사의 목소리가 내 기억 속으로 끼어들었다. 슬롯머신 밑바닥을 잡고 뒷걸음질 쳐 그것을 끌어 올렸다. 내가 기사보다 먼저 내려놓았는지 철통이 내 쪽으로 기울었다. 뺨에 찰싹 붙는 철판이 견고하고 차가웠다. 슬롯머신은 거실 가운데에 놓였다. 보통 티브이가 놓여야 할 자리였다.

　엄마는 슬롯머신을 옮기고 나서야 모습을 드러냈다. 슬롯머신에 동봉된 편지를 엄마와 훑어봤다. 발신인은 강원랜드였다.

　5월 2일 카지노 영업 종료 후인 오전 6시 10분경, 객장 청소 중에 슬롯머신 의자에 얹혀 있는 슬롯머신을 발견했습니다. 본사의 슬롯머신보다 구식 모델인바, 조사를 하던 중 배출구 안에서 지갑과 메모지 한 장이 나왔습니다. 메모지에 적힌 주소와 지갑 안의 주민등록증을 대조해 귀댁의 가장으로 사료되는 슬롯머신을 거주지로 배송하오니 모쪼록 인계해주십시오.

"귀댁의 가장이라니. 이게 저희 남편이라고요?"

엄마가 기사에게 물었다.

"요즘 아버지들 변하는 게 뭐 대수인가요."

기사는 아무렇지도 않은 듯이 유쾌하게 말을 받았다.

"무슨 말도 안 되는 소리예요? 가져가세요. 이런 거 못 받아요."

내가 말하는 사이 엄마는 제대로 보지도 않고 인수증에 사인했다.

"수취 확인 받았습니다. 수고하세요."

기사는 수취 거부는 듣는 척도 하지 않고 그대로 현관문을 빠져나갔다. 그렇게 집에는 엄마와 나 그리고 슬롯머신만 남았다. 나도 더는 어쩔 도리가 없어서 그대로 집을 나섰다.

일이 손에 잡힐 리 없었다. 한산했기에 망정이지 손님이 많았으면 분명히 매니저에게 깨졌을 것이다. 퇴근 2분 전, 감자튀김 하나 덜렁 시킨 손님을 위해 타이머가 울리기만을 기다리며 나는 튀김기를 응시하고 있었다. 만질만질한 튀김기 옆면에 비친 내 모습이 일렁였다. 말라붙은 기름 자국을 손톱으로 긁어냈다. 기계는 미세하게 진동하고 있었다.

건져낼 준비를 하라고 튀김기에서 삑삑 소리가 나기 시작했다. 나는 의자에서 일어나 바스켓 손잡이를 쥐었다. 열기로 뜨끈뜨끈했다. 기왕 기계인 거 기름 털고 소금 치는 것까지 해내면 안 되나. 반자동적으로 바구니를 가슴께까지 들어 위아래로 흔들었다. 탁타닥탁탁, 탁탁. 타다다닥탁탁, 탁탁. 익숙한 리듬으로 열 번. 빅 존에 감자튀김을 엎고 소금을 쳤다.

"야, 이제 잘하네."

포재를 눌러 모양새를 잡는데 카운터 쪽에서 매니저가 던지듯 말했다.

"아주 그냥 로보트 같아, 빠릿빠릿 착착."

자잘한 뒷정리를 마치고 돌아가는 내내 그 말이 기름때처럼 지워지지 않았다. 빠릿빠릿 착착. 이제 눈대중으로만 담아도 감자튀김이 정량이 될 정도였다.

현관문을 열자 거실에 시커먼 형체가 웅크리고 있어 흠칫 놀랐다가 그것이 슬롯머신이라는 걸 깨달았다. 기계 앞으로 다가가 괜히 발로 밀어봤다. 무거워서 조금밖에는 밀리지 않았다. 걸리적거리기만 하는 물건이 하나 생긴 셈이었다.

◇

다음 날 아침, 평소보다 저기압 같은 엄마에게 굳이 말을 붙이지 않았다. 엄마는 신경질적으로 큰 소리를 내며 방 안을 걸어 다녔다. 알바가 없는 날이라 그 신경질을 모두 내가 받아야만 했다. 차라리 산책이라도 나갈까 할 때였다.

거실에 덩그러니 놓여 있는 슬롯머신이 어제와 달리 번쩍번쩍 빛을 내고 있었다. 빛에 이끌리는 날벌레처럼 그 곁으로 다가갔다. 반짝거리는 기계를 보고 있자니 문득 아버지의 구두 한 켤레가 생각났다. 아버지는 외출할 때면 꼭 저렇게 빛이 날 정도로 깨끗한 가죽 구두를 신었다. 나는 고개를 작게 젓고 슬롯머신을 기웃거리다 엄마를 불렀다. 엄마는 방에서 얼굴만 빼꼼 내밀었다.

"엄마가 콘센트에 꽂았어?"

나는 슬롯머신 상판을 손으로 짚고 콘센트 쪽을 들여다보려고도 하고, 슬롯머신의 옆구리 쪽으로 머리를 디밀어보려고도 했다. 그러나 기계는 벽에 꼭 붙어 있어서 틈이 거의 없었다. 뺨 한쪽을 바닥에 대고 엎드려서 어둠 속을 노려봤다.

"뭐가?"

손을 뻗어 콘센트 쪽을 가리켰다. 엄마는 그제야 담요를 어깨에 걸친 채 어기적거리며 거실로 나왔다. 엄마도 내 옆에 엎드려 슬롯머신과 바닥 사이 좁은 공간을 노려보며 플러그 선을 좇았다.

"저거 봐. 보이지? 저거 꽂혀 있잖아."

내가 틈새에 손을 비집어 넣고 검지로 가리켰다. 엄마는 답이 없었다. 인정하기 싫을 때 엄마는 묵비권을 행사하곤 했다. 슬롯머신을 앞에 두고 절하듯 엎어져서 숨죽인 모녀. 누군가 봤다면 웃기다고 생각했을 것이다. 윗몸을 일으켜 앉으니 엄마도 따라 앉았다.

"엄마가 꽂았어?"

엄마가 어휴, 하고 숨을 뱉었다.

"난 모르는 일이야. 알기도 싫어. 아주 신경질 나."

엄마는 일어나더니 성큼성큼 걸어가버렸다. 자기 말만 쏟아붓고 팽하니 사라져버리는 것에는 익숙했다. 플러그를 노려보다가 몸을 일으켰다. 슬롯을 가로막고 있는 유리창에 내 얼굴이 비쳤다.

엄마에겐 말하지 않았지만 만약 이게 진짜 아버지라면 아버지와 썩 어울리는 모습이 되었다고 생각했다. 도박이 직업일 수 있다면 아버지는 프로였을 것이다. 내가 태어날 때도 아버지는 과천 경마장에 있었다고 한다. 술을 마신 밤이면 엄마의 넋두리는 항상 거기서부터 시작됐다. 당대 최고 인기를 구가하던 경주마 대건이니 보은을 놔두고 아버지는 '기쁜 소식'에게 돈을 걸었다. 수중의 돈을 몽땅. 엄마가 숨겨두었던 돈도 몽땅. 그리고 기쁜 소식은 열네 필의 말 중에 열두 번째로 결승선에 도착했다. 아버지는 도박의 프로답게, 본전도 못 찾기를 반복했다.

"플러그 도로 뽑아버릴까?"

엄마에게 큰 소리로 물었다. 대답은 바로 돌아왔다.

"어, 뽑아라. 전기료 아깝다. 증말 네 아비랑 똑같네. 집안에 도움이라곤 안 되는 꼴을 보니까."

그 뒤로도 신랄한 인신공격이 이어졌지만 대충 흘려들었다. 엄마와 살기 위해선 그런 처세술을 익히는 것이 몸에도 마음에도 편했다. 고등학생 때까지는 무엇이 이 사람을 이렇게 못되게 만들었을까 고민했다. 뭔가 사연이 있겠지, 하고 엄마를 이해해보려고 했다. 그러나 이제는 그 시절의 내게 신신당부해주고 싶은 마음뿐이다. 지현아, 엄마랑은 그냥 남남처럼 사는 게 심신이 편하다, 그리고 얼른 돈 모아서 집 나가, 나처럼 살지 말고, 라고.

나는 다시 벽에 붙어 콘센트를 향해 팔을 뻗었다. 벽과의 간격이 좁아서 그 사이로 손을 넣기가 쉽지 않았다. 바닥에 댄 귀에서 쿵쿵 발소리가 가까워졌다.

"비켜라! 그것도 못 하니?"

어느샌가 다가온 엄마는 초조해 보였다. 나를 밀치고 벽과 슬롯머신 틈으로 손을 밀어 넣었다.

"이게, 어우, 죽어라고, 안 당겨지네."

엄마는 낑낑거리며 말했다.

"내가 해볼게."

당길 수 있는 만큼 당겼다. 그런데 뽑히질 않았다. 뭔가에 걸린 것처럼 단단하게 박혀서 꼼짝도 하지 않았다.

"그거 하나를 못 뽑네!"

엄마가 한탄처럼 말했다. 자기도 못 뽑았으면서 구박이었다. 나는 입을 꾹 닫았다.

"하여간 그 천성이 어디 가겠어. 고집 하나는 끝내줬지. 이 모양이 되고도 속만 썩이네."

엄마는 슬롯머신을 아버지로 인정한 모양이었다. 이내 플러그 뽑기는 흐지부지되었다. 엄마는 넌덜머리가 난 것처럼 뒤돌아보지 않고 방으로 들어갔다. 그 마음이 이해가 가면서도, 이해해주고 싶지 않았다. 이 좁은 집에서 데면데면하게 공생하기 위해서는 아무 생각도 하지 않는 게 좋았다.

20여 년을 같이 살았는데도 엄마에 대한 기억은 아버지에 대한 추억에 비해 좋을 게 없었다. 아버지는 뭐랄까, 좋은 사람은 아니었을지 몰라도 재밌는 사람이었다. 기억은 슬롯처럼 핑핑 돌다가 셋, 넷, 다섯 살에 맞춰졌다. 슬롯머신의 사각형 구획 안에 그림이 철컥철컥 차례로 바뀌더니 돌연 격자무늬 벽지로 변했다. 그것은 일곱 살 때까지 살았던 주공아파트 천장이었다. 열린 창문 너머로 이른 매미 울음소리가 들려왔다.

펄쩍펄쩍 뛰어 마루로 나가니 앉은뱅이 상 위에 버터크림 케이크가 놓여 있었다. 내가 처음 생일 케이크를 먹던 날이었다. 아버지는 소파에 늘어져 있었다. 쪼르르 그 옆에 앉았다. 아버지는 나를 보지도 않고 왜, 하고 물었다. 목소리라기보다는 종이에 적힌 필적처럼 내게 다가왔다.

"나 오늘 생일이에요."

그걸 어떻게 잊겠냐, 하는 투덜거림이 따라왔다. 오늘 기쁜 소식에 걸어서 쪽박을 찼지.

양손을 모아 아버지 앞에 내밀었다.

"생일 선물."

어린 나는 아버지의 주머니에서 선물이 짠, 하고 튀어나오리라 기대하고 있었다. 생일이란 그런 날이라고들 하지 않던가? 아버지의 포커페이스에 동요가 일었다. 적잖이 당황한 모양이었다. 어쩌면 케이크로 퉁치려 했을지 몰랐다. 아무것도 없다는 걸 알고 나니 눈물이 차올랐다. 나는 어깨를 들썩이며 숨을 식식 몰아쉬었다. 아버지는 내 등을 두들기며 달랬다. 지금 생각해보면 집 안 어딘가에 있을 엄마 귀에 내 울음소리가 들어가지 않게끔 하려던 것 같지만.

아버지는 조용히 하라는 뜻으로 검지를 입가에 대더니 소파 밑에서 담요를 끌어냈다. 국방색 담요 위엔 화투패가 담긴 통과 트럼프 카드 통이 얹혀 있었다. 아버지는 트럼프 카드 한 패를 꺼내 섞더니 내 쪽에 세 장을 내려놓았다. 그리고 자신 쪽에 내려놓은 카드 세 장을 뒤집어 보여줬다.

에이스 두 장과 클로버 킹 한 장이었다. 나는 확인했다는 뜻으로 고개를 끄덕였다. 아버지는 카드를 그러모으더니 자기 배에 바싹 댔다. 다음 순간 카드를 뒤집었을 때 클로버 킹은 없었다. 에이스 세 장이 가지런히 놓여 있었다. 아버지는 카드 바꿔치기 기술을 생일 선물이랍시고 내게 줬고, 어린 나는 아버지 손에 카드를 바꿀 수 있는 무슨 장치 같은 게 달려 있을지도 모른다고 짐작했다. 그러니까 아버지는, 어쩌면 그때부터 어떤 머신이 되고 싶었던 것일지도 모르는 일이다.

◇

　다음 날 알바에서 돌아왔을 땐 놀라지 않았다. 낮이나 밤이나 아무래도 좋다는 듯 발랄하게 빛나는 아버지는 놀랄 틈도 주지 않았으니까. 현관까지 길게 뻗은 그림자가 춤을 추듯 요란하게 움직였다. 아무튼 여러모로 애물단지야. 오며 가며 엄마는 들으란 듯이 신경질을 부렸고, 그러면서도 별 조치를 취하지는 않았다.

　어느 순간 보니 아버지는 건조대 비슷한 것으로 사용되고 있었다. 엄마는 아무 쓸모도 없고, 번쩍이는 것도 정신 사납다며 아버지 위에 외투를 얹어두곤 했다. 저녁이 되어 식당에 나갈 때면 그 외투를 입고 나갔다. 엄마가 나가고 나면 나는 아버지 위에 쌓인 옷 더미를 그러모아 슬그머니 바닥에 내려놓았다. 그러지 않으면 아버지가 숨이 막힌다고 버럭 화를 낼 것만 같았다.

　한편으론 좋은 점도 있었다. 저녁에 불을 안 켜도 거실이 환하게 밝다는 것. 마치 축제장처럼 반짝이는 슬롯머신 때문에 집 안 풍경이 덜 삭막해 보였다. 왠지 돈을 따서 신난 아버지를 보고 있는 것 같았다. 슬롯머신이 된 아버지가 떨떠름했지만 그렇다고 버릴 수도 없었다. 아버지에 대한 내 마음은 슬롯머신을 볼 때마다 복잡해졌다.

　아버지가 건조대 처지에서 벗어난 것은 보름쯤 지나고 나서였다. 그날 엄마는 바자회에 내다 팔 물건을 정리하고 있었는데, 아버지의 옷가지가 주요 품목이었다.

"이게 말하자면 유산인 거지."

엄마는 오래된 티셔츠를 개켜 박스에 꾹꾹 눌러 담으며 말했다. 신세를 한탄하듯 중얼거리는 것은 엄마의 오랜 버릇이었다. 단어 하나하나에도 꾹꾹 눌러 담은 무언가가 있었다.

"푼돈이라도 건져야 하니 참는다, 내가."

엄마는 그렇게 말하며 아버지 겨울 코트를 슬롯머신 손잡이에 걸었는데, 무게 때문에 손잡이가 스륵 내려가버렸다. 그러자 모터가 진동하더니 전구가 빠르게 번쩍거렸다. 엄마는 놀라서 기계로부터 물러났다. 그렇게 기겁할 것까지는 없지 않나. 나는 기계 앞쪽으로 바싹 붙었다.

기계에 손을 대니 둔한 진동이 전해졌다. 유리창 안으로 그림이 그려진 슬롯 셋이 팽팽 돌고 있었다. 띵, 경쾌한 소리와 함께 첫 번째가 멈췄다. 7이었다. 곧이어 두 번째도 멈췄다. 또 7이었다. 세 번째가 천천히 멈춰 섰다. 체리에서 사과로 넘어갔다. 태엽이 다 감긴 오르골처럼 그대로 멎어버리는가 싶더니 슬롯머신은, 그러니까 아버지는, 성을 내며 발로 걷어차듯 패널을 뒤집었다. 7이었다.

우리에게 다른 길이 열린 것은 바로 그 순간이었다. 전구들이 마구 발광하더니 배출구 너머에서 무언가 끊임없이 떨어지는 소리가 들렸다. 엄마의 손에 들려 있던 셔츠가 주룩 흘러내렸다. 고개를 돌려 엄마의 얼굴을 봤다. 전구 때문에 음영이 드리워져 있었다. 나는 배출구 앞에 쭈그려 앉아 그 안으로 팔을 뻗었다. 뭔가가 손에 잡혔다. 한 덩이를 꺼내보니 5만 원권 지폐 다발이었다. 빳빳한 지폐에서 새 돈 냄새가 났다.

슬롯머신이 원래 이런 게 아니라는 건 아버지한테 들어서 알고 있었다. 잭팟이 터지면 슬롯머신은 돈다발이 아니라 칩을 내놓는다. 그 칩을 현찰이나 상품권으로 바꾸는 식이다. 하지만 이 슬롯머신은, 아버지는 우리에게 필요한 것이 뭔지 알고 있다는 듯 은근한 미소를 짓고 있는 신사임당이 그려진 5만 원권 지폐를 기세 좋게 턱턱 뱉어내고 있었다.

엄마가 무릎으로 걸어 이쪽으로 다가왔다. 배출구에 조심스럽게 손을 집어넣더니 지폐 다발을 차례로 꺼냈다. 어리둥절하고 의심스럽다는 표정이었다. 엄마는 무슨 범죄 증거물을 다루듯 그것을 형광등에 비춰보고 냄새를 맡았다.

"엄마, 그거 돈 맞아."

보다 못해 말했다. 나도 돈의 출처나 정체를 모르면서 핀잔을 주듯 톡 쏘았다.

"너는 왜 항상 말에 가시가 돋아 있니?"

엄마는 지폐를 세기 시작했다. 나는 힘을 주어 아버지를 방 쪽으로 돌려세웠다. 아버지가 집 안을 볼 자격이 있는 것 같았다. 엄마는 나를 노려봤다. 나도 지지 않고 마주 봤다. 엄마의 입꼬리가 일그러지는가 싶더니 웃음을 터뜨렸다.

"그편이 돈 꺼내기에도 편하겠네."

엄마는 다시 돈을 세기 시작했다.

◇

맨 처음 잭팟이 터져 생긴 돈은 빚을 메꾸자 금세 사라졌다. 가계 사정이 원상복구 되고 얼마 지나지 않아, 딱 한 번만 더 해볼까 하고 엄마가 은근히 물었다. 아직 기계 안에 돈이 좀 남아 있을지 모른다는 것이었다. 나는 엄마를 쳐다보지도, 대답하지도 않았다. 무심코 대답하지 않도록 안간힘을 쓰고 있었다는 게 더 맞을 것이다. 엄마는 분명 평소처럼 내가 버티고 버티다 끝끝내 자신에게 동조해주길 바라고 있을 것이었다. 아버지에 관련된 거라면 치를 떨었으면서, 나한테 푸념과 욕을 쏟아내는 게 일상이었으면서.

그것이 어쩐지 미웠다. 물론 나도 아버지가 나쁜 놈이라는 건 안다. 우리가 그 인간 때문에 고생한 것도 안다. 그치만 내가 엄마를 사랑하면서도 미워하는 것과 비슷하게, 아버지를 증오하면서도 어릴 적의 추억만 생각하면 조금 물러지는 것은 어쩔 수 없었다. 그런 마음이 있다는 것도 싫었고, 그걸 생각나게 하는 것도 싫었다. 정리하자면, 이 상황이 싫었다. 나를 끌어들이는 엄마가 미웠다.

하지만 생활이 넉넉하다는 기분은 너무나 아늑했다. 엄마와의 동거도 한결 편안해졌고, 엄마를 아끼고 사랑하는 평범한 딸이 될 수도 있지 않을까, 하는 생각도 들었다. 곁눈으로 엄마를 봤다. 엄마는 고개를 끄덕였다. 우리는 말없이 나란히 기계에 다가가, 공범처럼 같이 손잡이를 잡았다. 손잡이가 부드럽게 내려갔다.

기계가 부르르 떨고, 슬롯이 팽팽 돌다가 차례로 멎었다. 띵, 7이었다. 손톱을 잘근잘근 씹으며 지켜봤다. 땡, 다시 7. 이쯤 되자 식은 땀마저 배어 나왔다. 그리고 천천히, 땡. 또다시 7이었다. 축하한다는 듯 전구가 현란하게 빛났다. 엄마는 배출구 안에서 나는 둔탁한 소리에 뛸 듯이 기뻐했다. 엄마가 쪼그려 앉아 지폐 다발을 꺼내면 내가 차곡차곡 쌓았다. 손에 쥘 때면 든든한 그 무게감이 좋았다. 슬롯머신, 아니 아버지와 함께라면 모든 역경을 헤쳐 나갈 수 있을 것 같은 믿음이 생겼다. 물론 믿음, 소망, 사랑, 그중 제일은 잭팟이라.

아버지의 참기능을 깨닫게 되면서 우리에겐 분명 변화가 생겼다. 배달 음식을 시켜 먹을 때마다 생긴 쿠폰으로 냉장고 한 면이 빼곡해졌고(중국집과 치킨집도 함께 기뻐했다), 현관에는 신발이 몇 켤레 더 생겼다(아직 쓸 만해서 운동화는 늘지 않았다). 제라늄 화분도 두 개나 생겼다(할인도 없는데 예쁘다는 이유만으로 농협에서 집어 온 것이었으며, 그 곁에는 같은 이유로 데려왔다 죽이고 만 재스민 화분들이 있었다). 나는 신입들에게 밥을 사주는 쿨한 선배가 되었고, 아웃렛 쇼핑 약속도 잡는 배짱이 생겼다. 궁상맞은 태도가 담배 냄새처럼 찌들어 있긴 했지만 하여튼 어마어마한 배짱이 생겼다. 패스트푸드점에서도 한결 느긋한 마음으로 감자를 튀길 수 있었다.

무엇보다도 여유라는 것을 가진 게 좋았다. 엄마와 나 사이에는 처음으로 평화가 감돌았다. 엄마의 짜증은 사그라졌고 나는 다정해졌다. 돈 있는 사람의 그 여유로움, 그 너그러움, 그 우아함이 뭔지 맛본 것 같았다. 피곤하면 택시를 타는 일, 목이 마르면 음료를 사는 일, 잘해준 친구에게 보답하는 일, 더치페이에 집착하지 않는 일. 아니야, 내가 사주고 싶었는걸, 그럼 다음에 밥 한번 사, 상냥하게 빈말 하는 일.

아버지 말이 맞았다. 슬롯머신은 꽤나 멋진 기계였다. 빨간 손잡이는 손에 착 달라붙었고, 조금만 힘을 주어도 부드럽게 밀려 내려갔다. 그 순간부터 번쩍이는 불빛들과 천천히 멈추는 실린더도 마음에 들었다. 무엇보다 항상 돈이 나오는 것이 그랬다. 그렇게 생각했다.

"찬거리 좀 사 와야겠다."

엄마는 들으라는 듯 말했다. 대꾸하지 않았다. 엄마에겐 아버지를 쓰기 전 변명을 늘어놓는 버릇이 생겼다. 엄마는 절대 혼자 슬롯머신을 당기지 않았다. 공범이 되어야만 한다는 듯이 꼭 나와 함께 당겼다. 엄마가 슬롯머신 앞에서 나를 쳐다보면 나는 그 옆에 서야만 했다. 엄마는 매번 이번이 마지막이야, 라고 말하며 손잡이를 당겼다. 그러고는 당기기 무섭게 손잡이를 놓았다. 내 손도 함께 떨어져 나갔다.

"왜 자꾸 마지막이라는 거야?"

참지 못하고 한 번 물어본 적이 있다. 엄마는 그때는 대답하지 않았다. 그날 늦은 밤, 잠이 들려 할 때 푸념처럼 내뱉었을 뿐이다.

"돈이 떨어지면 저게 다시 사람이 될까 봐 무서워."

나는 그것이 거짓말이라고 생각했다. 그도 그럴 것이 지난 두 달간 우리는 아버지를 당기는 것에 점점 중독되고 있었다. 이번이 마지막이라는 생각은 잊은 지 오래였다. 손잡이만 당기면 어김없이 돈이 나왔기에 우리는 스스로에게도 너그러워졌다. 한 번 손잡이를 당기면 그달 치의 생활비를 쓰고도 질리도록 배달 음식을 시켜 먹을 수 있었다. 돈이 다 떨어졌을 땐 손잡이를 당기기. 돈은 후회 없이 쓰기. 깊이 생각하지 않기. 돈은 돈일 뿐이라는 식으로 써버리기. 그게 우리의 방식이 되었다.

그러나 나의 마음은, 그렇게 명료한 메커니즘으로 작동하는 것이 아니었던 모양이다. 돈을 쓸 때는 별생각이 없는데, 배출구로 돈이 떨어지는 소리를 들을 때면 그것이 내 위장에 떨어지는 양 속이 쓰렸다. 한 아름 돈다발을 들고도 무언가 더부룩했다. 배배 꼬인 불만이 차곡차곡 배 속에 쌓이고 있었다.

오늘도 엄마는 슬롯머신 앞에서 말없이 나를 쳐다보고 있었다.

"그냥 혼자 당겨!"

결국 쏘아붙이고 말았다. 엄마와 잘 지내기 위해선 아무 토도 달지 않는 게 제일이었다. 트집을 잡는 것은 전쟁 선포나 다름없었다. 그러나 불만이, 더부룩한 불편함이 말을 목구멍 밖으로 왈칵왈칵 밀어냈다. 저건 기계다. 머신이다. 머신은 사람이 작동시켜야만 움직인다. 그치만, 엄마야말로, 엄마야말로.

"엄마, 엄마도 무슨 머신 같아. 혼자서는 아무것도 못 하는 머신."

엄마의 얼굴은 분노로, 분노는 곧 경악으로, 그리고 이내 깊은 상처를 입고 곧 울 것 같은 얼굴이 되었다. 따따부따 화를 낼 줄 알았는데 말이 없었다. 오후까지 우리는 서로의 방에 틀어박혀 아무 말도 하지 않았다. 그러다가 엄마는 나가버렸다. 아직 어두워지지도, 일

나갈 시간이 되지도 않은 시간에.

배가 고파 방에서 나오니 불그스름한 햇살이 거실을 가로질러 부엌까지 펼쳐져 있었다. 싱크대 옆 물받이 통에 그릇과 컵들이 엎어져 있었다. 초침 소리처럼 물방울이 규칙적으로 떨어지고 있었다. 부엌 옆으로 난 베란다 문을 열었다. 옷가지가 일시에 나부꼈다가 차분히 가라앉았다. 빨래가 천장 건조대에 걸린 채 가지런히 늘어져 있었다. 몸을 기울여 안쪽을 들여다봤다. 벽 끝에 있는 세탁기가 나와 마주하고 있었다. 나는 베란다를 빠져나와 문을 닫았다.

고요한 집 안에 문득 낮고 부드럽게 웅, 하는 소리가 울렸다. 냉장고였다. 전단지와 쿠폰, 고지서와 약봉지 따위가 잔뜩 붙어 있던 옆면이 깨끗이 비워져 있었다. 손을 대니 미미하게 따뜻한 기운이 느껴졌다. 안방으로 발걸음을 옮겼다. 문을 살짝 밀고 스위치를 찾아 불을 켰다. 한순간 침대가 훤하게 드러났다. 베개와 두툼한 이불이 잘 정돈되어 있었다. 침대에 걸터앉았다. 더블 사이즈 침대와 벽 하나를 채운 붙박이장만으로 방은 빠듯해 보였다. 맞은편 창 너머로 빨래가 한들거렸다. 그것을 보고 있으니 속이 상했다. 화장대도 없이 침대와 붙박이장 사이에, 옷가지와 그릇들 사이에, 세탁기와 냉장고 사이에 있는 사람한테 나는 무슨 말을 한 걸까.

안방을 나오니 어스름한 거실에서 아버지가 은은히 빛을 내고 있었다. 물끄러미 보다가 그 앞에 마주 앉았다. 눈부시게 빛났다가 사그라지는 전구들에 둘러싸인 채 세 개의 7이 매끄럽게 빛나고 있었다. 손바닥을 대보니 생각보다 조그마했다. 오른쪽 7 위에 손을 올려놓자 완전히 가려져 보이지 않았다. 반대쪽 손을 왼쪽 7에 올리자 가운데 숫자는 이제 혼자 남았다. 생각보다 허전하고 초라했다. 화려한 서체로 꾸며져 있어도 그저 숫자일 뿐이었다. 그런 것이 아름다운 빛 속에 놓여 있는 것뿐이었다.

이게 뭐라고 돈을 주거나 뺏거나 하나. 손을 떼자 투명 창에 김이 어룽거리다가 점점 사라졌다. 이게 뭐라고 한 사람의 인생을 전부 빼앗아 가나. 슬롯머신 몸체에 머리를 댔다. 진동이 느껴졌다. 조용히 아버지, 하고 불렀다. 입은 뗐는데 생각보다 말이 쉽게 나오지 않았다. 나는 아마 태어나서 처음으로 작별 인사를 하는 것인지도 몰랐다.

"이게 뭐라고 기계인 채로 있어요."

말해도 딱히 달라지는 건 없었다. 처음으로 아버지가 아버지같이 느껴졌다. 아버지가 나를 한 번만 다시 안아줬으면 싶었다. 하지만 이 기계는 팔이 없다. 작은 손잡이뿐이었다.

몸을 일으켜 아버지를 내려다봤다. 슬롯머신 아버지는 자그마하고 그저 일렁일렁 꿈결처럼 반짝이고 있었다. 그것을 지켜보다가 손잡이를 당겼다. 부드럽게 밀려 내려갔다가 다시 올라왔다. 그뿐이었다. 슬롯은 돌지 않았고 전구가 요란하게 파도치지도 않았다. 습관적으로 허리를 수그려 배출구를 열어봤다. 돈을 바랐던 것은 아니었다. 하지만 텅 빈 배출구를 보니 당황스러웠다.

심장이 서늘해졌다. 다시 한번 손잡이를 잡아당겼다. 중간에 뭔가 낀 듯 당겨지지 않았다. 두 손으로 온 힘을 다해 내리눌렀다. 잡아 뜯을 기세로 당겼다. 그래도 먹통이었다. 고장 난 기계를 다룰 때처럼 윗면을 탕탕 쳤다. 배출구를 들춰보니 달랑 5만 원권 한 장이 있었다.

어둑한 조명 속에 놓인 지폐 한 장이 아무것도 없었을 때보다 사람을 당황스럽게 했다. 불안 같은 것이 배 속에서 뭉글뭉글 끓다가 갑자기 짜증이 되어 머리끝까지 솟구쳤다. 양손으로 머신을 쥐고 앞뒤로 흔들었다. 텅 빈 기계 안이 울리는 소리가 났다. 이러다 부서질까 망설이던 마음은 화에 잡아먹힌 것 같았다. 손바닥으로 기계 옆면을 때렸다. 팡, 팡, 나는 이 리듬이 왠지 익숙했다.

입을 앙다물고 손잡이를 부서져라 흔들어댔다. 그러고는 주먹을 쥐고 철판을 두들겼다. 쾅, 탕, 귓속이 울리도록 커다란 소리를 나는 알고 있었다. 슬롯머신을 노려보다가 뒤로 물러나 발로 옆면을 힘껏 걷어찼다. 발이 징, 하고 얼얼했다. 나는 이 동작을 알고 있었다. 무언가 부서지는 듯한 소리와 함께, 손잡이가 힘겹게 덜걱거리며 내려갔다. 슬롯은 돌아가지 않았다. 지난번에 떴던 7과 7 그리고 7이 그대로 걸려 있었다. 전구가 번쩍이지도 않았는데 배출구로 뭔가 내보내졌는지 투욱, 툭, 하는 소리가 들렸다. 슬롯머신은 이제 아버지 같지 않았다. 위풍당당하지 못했다.

그 모습은 아버지가 아니라 엄마 같았다.

순간 심장이 콱 조여드는 것만 같았다.

기운이 빠져서 바닥에 주저앉았다. 손발이 얼얼하게 두근거렸다. 눈치도 없이 배가 고팠다. 빈속에 기운을 빼서다. 두들겨 패느라. 돈 내놓으라고 두들겨 패느라. 이게 뭐라고 나는 이것을 가여워하고,

사랑하고, 역정을 내고, 두들겨 팼을까. 스스로가 한심했다. 잘 알고 있었다. 낭만적인 추억마다 왜 엄마가 없었는지, 생일마다 왜 엄마가 케이크 앞에 없었는지도 다 알고 있었다. 도박할 돈을 내놓으라고 엄마를 패고 아빠는 방 안을 다 뒤집어 다음 달 월세를 빼앗고 내 케이크 하나를 달랑 사 왔다. 언제나 그랬다. 엄마에게서 더 빼앗을 것이 없어질 때까지 아빠는 엄마를 슬롯머신처럼 당겼다. 그러다 보면 돈이 나오니까. 언젠간 나오니까. 나올 때까지 두들기면 되니까.

옆으로 드러누웠다. 몸을 옹송그렸다. 해는 짧고 거실은 금세 어두워졌다. 빨래를 걷어야 한다는 생각이 들었다. 배가 고프고 움직이기 싫었다. 그게 엄마가 해온 일이었겠다는 생각이 들었다. 엄마는 추억거리도 아닌 하루하루 속에 있었겠구나. 바닥이 반질반질했다. 엄마는 깔끔한 사람이었다. 깨끗한 바닥에 알전구 빛이 어룽거리고 있었다. 눈물이 차올라 시야가 흐릿해지려는 찰나 도어록 소리가 들렸다. 엄마가 돌아왔구나.

어라, 엄마가? 벌떡 몸을 일으켰다.

"놀라라, 왜 그런 데 누워서 퍼질러 자고 있어 침대 놔두고."

엄마가 쏘아붙였다. 나는 멍하니 앉아서 그걸 고스란히 들었다.

"어머, 보일러도 안 켰어. 얼어 죽으려고 아주 환장을 했어. 꼴을 보니까 밥도 안 먹었겠네. 나이가 몇 갠데 여태 혼자 밥도 안 해 먹어."

대답하지 않자 엄마는 내 쪽을 기웃거렸다.

"밥 해줘?"

엄마가 먼저 유한 태도를 보이면 버티는 것이 정석이지만 이번은

져주고 싶었다. 나는 응, 맛있게, 하고 고개를 주억거렸다. 엄마는 어이구, 하고 얼굴을 찡그리면서 부엌으로 향했다. 뒷모습에 대고 담엔 내가 해줄게, 하고 소리치자 아 됐네요, 하는 대답이 돌아왔다. 그 후로도 냉장고 안에 먹을 게 이렇게 다 있는데, 너 또 사 먹으려고 했지, 어머 빨래도 하나도 안 걷고, 너는 집구석이 그냥 굴러가는 줄 아니, 하는 잔소리가 이어졌다. 잠자코 들었다.

화해의 밥을 나눠 먹고 우리는 각자 자러 들어갔다. 낯간지럽게 미안하다는 소리는 하지 않았지만 밥을 같이 먹었으니 그걸로 충분했다. 나는 그날 밤 꿈도 꾸지 않고 단잠을 잤다. 아침에 일어나니 슬롯머신은 여전히 슬롯머신인 채 있었고, 느릿느릿 반짝였고, 그것을 지켜보다가 엄마에게 말했다.

"플러그 뽑자."

엄마가 성큼성큼 다가왔다.

"네가 배가 불렀지 아주."

엄마는 등을 후려치려는 듯 손을 힘껏 들었다가 그대로 멈췄다. 엄마는 조금 놀란 것 같았다. 부끄러워하는 것도 같았다. 하기야 나를 세워놓고 내 팔을 위로, 아래로 당긴다고 돈이 입에서 튀어나올 리는 없었으니까. 내 등짝을 두들긴다고 내 눈동자에 7자가 새겨질 리도 없었으니까. 엄마는 슬그머니 고개를 돌렸다. 엄마 어깨에 손을 올리고 다시 말했다.

"플러그 뽑자."

다시 한번 말하자 엄마는 답답하다는 듯이 나를 쳐다봤다.

"다시 꽂았을 때 동작 안 하면 어쩌려고?"

"다시 꽂지 말자는 거야."

엄마는 걱정스러운 표정이 되어 뭔가 할 말이 있는 듯 입을 반쯤 벌린 채 생각에 빠졌다. 한참을 그러고 있다가 나를 흘끗 보더니 어휴, 하고 고개를 작게 저었다.

"돈 없는 생활로 돌아가자고?"

"아빠 없는 생활로 돌아가자고."

엄마는 입을 꾹 다물었다. 입술이 파르르 떨렸다. 한참을 아무 말도 못 하다가 입을 열었다.

"네 아빠 제사상은 누가 차리고?"

나는 할 말을 잃었다. 미안하지만, 그런 망한 농담은 누구도 살릴수가 없었다. 농담을 받아주지 않은 죄로 등짝을 맞았다.

◇

알뜰 코너는 입구부터 으리으리하게 펼쳐져 있었다. 카트를 하나 뽑아 왔다. 캐롤로 만든 CM송이 경쾌했다. 가판대에 뒤섞인 크리스마스 소품을 구경했다. 집에 잘 어울릴 것 같아 손에 집었다가도 가격을 보고는 얼른 내려놓았다. 궁상맞은 태도에도 중독성이 있는지 쉽게 끊어지질 않았다. 곰곰이 생각해보다가 가장 싼 것으로 하나 골라 카트에 던졌다. 네 캔에 만 원인 수입 맥주가 서로 부딪치며 종처럼 짤랑거렸다. 소주를 사야 하지만 네 캔에 만 원이라니 거부

할 수 없이 매력적이었다. 제사상에 맥주를 올리면 안 되는 법이 있는 건 아니니까.

등짝을 맞은 날 이후로 우리는 농담 반 진담 반으로 플러그 뽑을 날을 잡았다. 그날 아버지의 장례를 정식으로 치러줄 계획이었는데, 이런 식이 되니 육개장을 할까 말까 점점 고민이었다. 닭가슴살 한 팩을 괜히 들었다가 놓았다. 숫자들을 읽다가 옆 칸의 것을 흘끗 봤다. 머릿속으로 계산기를 두드리다가 멈췄다. 자꾸만 가격을 따지게 되는 내가 좀 별로였다. 하지만 주머니에는 5만 원밖에 없는걸. 카트를 밀고 돼지고기와 소고기, 고등어와 홍합을 지나 베이커리 구간에서 멈췄다. 가짜 눈사람이 트리 모양으로 쌓아 올린 케이크 박스 더미 옆에 서 있었다. 케이크 특가 판매 현수막이 걸려 있었다.

아, 그렇구나. 크리스마스라서 케이크를 땡처리 하는구나.

느릿느릿 걸음을 옮기면서 가판대를 훑어봤다. 초코와 생크림케이크, 치즈케이크와 롤케이크 따위가 든 상자가 가지런히 쌓여 있었다. 카트를 세우고 가판대로 걸어갔다. 1호 사이즈 균일가 5천 원. 생김새나 보려고 했는데 또 덧붙여진 가격표를 먼저 봤다. 개중에 장식이 예쁜 것으로 고른다고 케이크 박스를 들추고 옮기며 코를 박고 박스를 들여다보는 엄중한 면접 끝에 하나를 들어 카트에 넣었다.

도어록 비밀번호를 눌렀다. 엄마가 케이크는 왜 사 왔냐고 하면 맞춰보라고 문제를 낼 생각에 들떠 있었다. 이거 얼마에 사 왔게. 얼마였게. 듣고 나면 엄마도 먹겠지. 단거 싫은데, 하면서도 마음 놓고.

"나 왔어."

문을 닫으면서 소리쳤다. 엄마는 대답이 없었다.

"저녁 먹었어?"

물론 아버지도 대답이 없다. 부츠가 쉽게 벗겨지지 않았다.

"안 먹었지?"

두 손으로 부츠를 벗어 내팽개쳤다. 집 안은 적막했다. 온 가족이 모였는데도. 마루로 들어서니 부엌 식탁에 엄마가 외따로 앉아 있는 것이 보였다.

"어이구, 정 여사 가는귀가 먹었수?"

엄마는 그제야 나를 보고는 왔어, 하며 손질하던 콩나물을 한편으로 치웠다.

"됐어, 됐어, 내가 케이크랑 이거저거 사 왔어. 구질구질하게 무슨 제사상 차림이야, 크리스마스는데. 요새 편의점에선 치킨도 팔더라. 굉장하지."

앉은뱅이 상 위에 사 온 것을 늘어놓았다. 균일가 5천 원짜리 케이크, 네 개에 만 원인 캔 맥주, 편의점표 치킨. 엄마는 왼손으로 오른손을 만지작거리며 흘끗흘끗 나를 봤다.

"정말 하려고?"

"응. 할 거야."

내 말에 엄마는 한숨을 쉬었다. 부엌은 가스레인지부터 싱크대까지 식기와 가재도구가 엄마의 방식대로 정리되어 있었다. 찬장 상단을 열어보니 술잔이 없었다. 하긴 아버지 말고 술 먹는 사람은 없으니까. 고민하다가 식탁에 놓인 플라스틱 물컵 두 개를 들었다. 엄마는 나를 눈으로 좇았다. 캔을 따서 컵에 따르며 엄마에게 말했다.

"저게 뽑힐까?"

잔을 내려놓고 엄마를 돌아봤다. 네가 그렇게 무섭게 쳐다보면 내가 무슨 말을 할 수 있겠니, 하고 엄마가 짜증을 부리듯 말했다. 그런 엄마의 어깨에 손을 올렸다.

"안 뽑히면 잘라내자."

손가락으로 가위 흉내를 냈다. 엄마는 픽 웃었지만 곧 근심스러운 표정이 되었다.

"우리 해야 돼."

아니 그러니까, 하는 엄마의 말을 잘랐다.

"저건 팔이 없어. 다리도 없고."

엄마는 한숨만 쉬었다. 나는 캔을 하나 더 땄다. 칙 소리가 눈치도 없이 경쾌했다. 잔에 따르니 수면이 어롱어롱 빛났다. 상을 슬롯머신 앞으로 밀고 케이크에 치킨과 음료를 모아두니 자그마한 파티가 되었다. 슬퍼하지 말자고 엄마와 정했었다. 궁상맞지도 청승맞지도 말자고. 거실 불을 끄고 가만히 풍경을 봤다. 어둑한 현관에 트리처럼 반짝이는 네모난 슬롯머신과 케이크가 있는 풍경. 그리고 엄마가 있었다. 아버지에 대한 기억에 비하면 엄마와의 추억은 썩 근사한 것이 없었다. 우리에겐 낭만적일 짬이 없었다.

계획대로 엄마에게 케이크를 먹였다. 한 입뿐이었지만. 엄마는 너무 달다며 포크를 내려놨다. 입가심하라고 맥주잔을 건넸다. 다음번엔 더 먹겠지. 나랑 같이 케이크 1호 정도는 거뜬히 먹어치우겠지. 짠, 소리를 내며 건배했다. 술이 들어가니 엄마는 즐거워 보였다. 맥주 세 캔이 바닥나고 마지막 것을 따는데 빈 캔이 떨어져 굴러갔다.

"엄마, 이거 봐. 이것도 하나 사 왔어."

문득 생각나 장바구니를 들고 돌아왔다. 플라스틱 상자를 꺼냈다.

"그게 뭔데?"

상자를 뜯어 내용물을 양손으로 펼쳐 보였다. 전선에 눈송이 모양이 달린, 크리스마스 장식 가랜드 조명이었다.

"무우드 등이라는 거야."

"너는 애가 또 아무짝에 쓸모없는 거를."

"쓸모없지만 필요한 거지."

나는 근엄하게 고개를 주억거렸다.

"둘 데도 없으면서."

"여기 벽에다가 이렇게 걸 거야."

"그렇게 자꾸 사치나 부리고."

"가끔은 사치도 부려야 사는 맛이 나지."

"그런 데 쓰는 돈을 좀 차곡차곡 모아봐라, 그럼 그 돈으로……."

"그럼 그 돈으로 차곡차곡 이런 데 돈 쓰지."

엄마 말을 끊고 놀려먹었다. 깔깔 웃으니 엄마가 아주 나쁜 년이야 아주, 하고 투덜거렸다.

"내가 노름을 그렇게 미워했는데……."

"됐어, 됐어."

울음기가 섞인 중얼거림에 엄마 등을 툭툭 쳐주고 무릎으로 걸어서 상을 오른쪽으로 밀었다. 슬롯머신 앞에 납작 엎드리고 손을 뻗었다. 더듬더듬 땅만 짚다가 끈에 닿았다. 그것을 잡고 따라갔다. 생각보다 구불구불 길었다. 볼록한 것이 엄지에 닿았다. 플러그였다. 손가락으로 감싸 쥐고 위아래로 흔들었다. 힘을 주자 플러그가 콘센트에서 빠지면서 거실은 밤 속으로 가라앉았다. 도무지 뽑히지 않던 플러그가, 그렇게나 순순히.

뽑힌 플러그를 손에 들고 몸을 일으켜 앉아 플러그를 노려봤다. 처음에 우리 손에 힘이 안 들어갔던 것은 아닐까. 아버지에게 손을 댈 수가 없어서, 너무 무서워서 아무것도 할 수 없었던 것은 아닐까. 그래, 애초에 슬롯머신을 밀어 돌려놓은 것도 나 아니었는가. 그 정도 힘은 나한테 있었던 것이다. 손을 펼치자 플러그는 바닥에 떨어졌다.

널브러진 가랜드 조명을 빈 콘센트에 연결했다. 플러그를 꽂자마자 눈송이마다 촛불같이 빛이 들어왔다. 한 아름을 대충 티브이 위에 늘어뜨려놓으려고 했는데 자꾸 흘러내렸다. 맥주를 홀짝이며 엄마가 꽁알거렸다.

"거봐라, 영 쓸모도 없는 거를."

나는 꿋꿋이 이것의 쓸모라든가, 아름다움이라든가, 이것이 주는 위안이라든가 4천 원의 값어치를 증명해내려고 애썼다. 어찌저찌 위태롭게 걸린 눈송이는 호 모양으로 늘어진 채 아주 약한 빛을 내고 있었다. 다시 떨어질까 봐 언제라도 받칠 준비를 한 채, 한 걸음씩 살금살금 물러나 엄마 곁에 앉았다. 엄마는 맥주를 홀짝이다가 예쁘긴 하네, 하고 말했다. 그렇다니까. 엄마식의 종전 선언을 내 식대로 받아줬다.

"기분 내기엔 좋네."

"엄마도 기분 좀 내고 살아."

갑자기 엄마는 기습하듯 물었다.

"요 철 지나면 저걸 어쩔 거니?"

나는 곰곰이 생각했다.

"지금 요 때만 예쁘지 좀만 지나봐라 애물단지지."

가만히 불빛을 봤다. 뭔가 접촉 불량인지 점멸하듯 파르르 떨리는 것이 몇 있었다.

"괜찮아. 중고장터에 내놓으면 금방 팔려."

베란다 너머로는 띄엄띄엄 지나가는 자동차 불빛을 눈으로 좇으며 엄마 어깨에 기댔다. 엄마는 질겁하며 나를 밀쳐냈다. 엄마의 눈빛이 마치 불빛처럼 파르르 떨렸다. 엄마가 조그맣게 말했다.

"사실은…… 플러그 말이야. 내가 꽂았어. 자꾸 노려보는 것 같더라고. 꽂으라고."

"무서웠어?"

"일부러 안 뽑히게 힘을 줬어."

"왜 그랬어?"

엄마는 대답하지 않았다. 대답하지 않아도 알 수 있었다. 우리의 마음은 기계보다도 복잡하게 움직이고, 기계보다도 정교하게 고장이 난다. 꺼진 슬롯머신 위로 반짝이는 불빛을 봤다. 팔을 뻗어 엄마 등을 쓸어줬다. 아침엔 내다 놔야지. 나는 마음을 먹었다.

인형 철거

인형 함부로 손대지 말고 연락 주세요. — 인형 철거

　은재는 문에 붙어 있는 쪽지를 천천히 떼어냈다. 맨 아래 연락처가 적혀 있었다. 은재는 괜히 폐가 주변의 허허벌판을 둘러봤다. 새 집주인을 위한 환영 인사를 겸한 장난이라면, 혹시 누군가가 자신을 지켜보고 있을 것 같아서였다. 하지만 풀이 웃자란 주위에는 어쩐지 쓸쓸한 햇빛과 흙먼지를 일으키는 더운 여름 바람만이 맴돌고 있을 뿐이었다. 이웃은 없었다. 한낮에도 서늘하게 펼쳐진 숲의 어둠뿐.

　산 아래 웅크리고 있는, 지붕이 새카맣게 그을린 집이 뭣도 모르고 귀촌한 순진한 청년에게 팔렸다는 소문이 진작 돈 모양이었다. 기울어진 문 앞에는 철거, 시공, 이사, 청소 등 연락을 달라는 스티커가 덕지덕지 붙어 있었다. 그 맨 위에 '인형 철거'라는 이 기묘한 쪽지가 마치 자신이 가장 중요하다는 듯 턱 하니 올라앉아 있었던 것이다.

　'인형 철거라……'

　은재는 쪽지를 만지작거렸다. 한때 식당 겸 집이었던 이곳에는 집

기며 살림살이가 그대로 남아 있어 철거에는 품과 돈이 꽤 들 것 같았다. 하지만 솜과 헝겊으로 만들어진 인형 같은 것에 철거라는 단어가 붙을 수 있는지 의심스러웠다. 거미줄로 흐릿해진 창문 너머로 집 안의 잔해를 바라봤다. 그곳에 덩그러니 남겨져 겹겹이 먼지가 앉은 인형들은 한때 이 집에 살던 어린아이의 사랑을 가득 받았을 것이다. 그 아이가 그런 티 없는 사랑을 받았는지는 모르겠지만.

은재는 쪽지를 청바지 주머니에 쑤셔 넣고, 뻑뻑한 문을 힘껏 밀며 안으로 들어갔다. 햇빛에 포자처럼 자욱하게 퍼지는 먼지들이 비쳤다. 재킷의 팔 부분을 둘둘 걷어 올리고 미리 준비해 온 검은 봉투를 벌려 인형을 챙기기 시작했다. 아직 초여름이지만 이상하리만치 더웠다. 식당 입구 카운터에서 손님에게 인사를 건넸을 고릴라 인형 하나. 음식을 나르던 트레이 옆에서 애벌레 인형 하나. 아이는 흔적을 인형으로만 남긴 것 같았다.

혹시 남은 인형이 더 있을까 싶어 은재는 주거 공간으로 사용되었던 안쪽으로 들어갔다. 뒤져보니 장롱 구석에 숨어 있던 곰 인형 하나가 나왔다. 10년 전에 멈춰버린 풍경은 기묘했다. 인형 철거라는 그 묘한 쪽지 때문에 인형을 챙기려는 건 아니었다. 오늘 이 집에 온 이유는 애초에 남은 인형들을 수거하기 위해서였다. 부동산 중개인과 이 집을 처음 찾았을 때 깨진 창문 사이로 본 인형들은 이곳을 선택하는 데 알 수 없는 힘을 발휘했다. 그래서 이 폐가를 사면 가장 먼저 인형들을 데리고 가리라 결심했던 것이다.

서른 중반의 회사원인 은재는 오랫동안 부업으로 봉제 인형을 수리하는 일을 해왔기 때문에, 일단 망가진 인형이 눈에 띄면 집으로 가져와 고치는 것이 습관이 되었다. 모든 인형이, 버려진 인형까지도 은재에게는 소중했다.

부업이 꽤 안정적인 궤도에 오르면서, 그동안 모아둔 돈을 털어 도시에서 그리 멀지 않은 이곳에 집을 샀다. 감당할 수 있는 선에서 얻을 수 있었던 건 오래 비어 있던 사고 매물뿐이었다. 은재는 이곳에 인형 수리를 위한 작업실을 겸한 안락한 은신처를 꾸릴 예정이었다.

'그런데 이 사람, 혹시 나를 알고 있는 거 아닐까.'

집 안을 두리번거리던 은재의 머릿속에 문득 그런 생각이 스쳤다. 부동산에 작업실을 차릴 계획이라고 말한 적은 없었다. 인형 철거를 한다는 이 사람은 어쩌면 은재가 인형을 수리하는 것도, 인형을 수거해 갈 것도 이미 알고 있었을지 몰랐다. 그렇게 생각하자 쪽지에 적혀 있던 내용이 섬뜩하고 기묘하게 느껴졌다.

묘하게 서늘한 기분이 은재의 뒤에 매달렸다. 소름이 돋은 목덜미를 문지르며 고약한 냄새가 풍기는 부엌 쪽으로 향했다. 한때 식당 주방으로 이용됐던 이곳에선 아직도 국이 펄펄 끓고 있는 듯 이상한 더위가 맴돌았다. 썩어 말라비틀어진 음식 쓰레기는 오래된 유령과 같은 퀴퀴한 냄새를 뿜어냈다. 당장 뛰쳐나가고 싶은 악취에도 불구하고, 뭔가가 더 남아 있을 것 같다는 기분이 계속 발목을 잡았다.

그때 누군가가 은재를 부르는 소리가 들렸다. 놀라서 고개를 돌려보니 거대한 검은 솥들이 음침한 기운을 내뿜으며 걸려 있었다. 까맣게 탄 솥 안에는 그 안에 남아 있었을 국물과 함께 시커멓게 찌들어 원래 모습이 상상되지 않는 토끼 인형이 들어 있었다. 애초에 왜 여기 들어 있었는지 알 수 없었다. 정말 인형 철거에 연락을 했어야 하나, 하는 후회가 짧게 스쳐갔다.

'인형 철거라니, 그런 게 있을 리가.'

은재는 마지막으로 그 토끼 인형을 검은 봉투에 던져 넣었다.

◇

은재가 현관문을 열자 기다렸다는 듯 옆집 문이 열렸다. 하필 이 아파트는 양쪽 현관이 서로 마주하고 있는 꼴이었다. 은재는 또 시작이네, 하는 지겨운 얼굴로 고개를 돌렸고, 옆집 여자는 있는 힘껏 불쾌함을 뿜어내는 표정으로 은재를 마주했다.

"그건 또 뭐예요?"

여자가 은재가 들고 있는 봉투 쪽으로 고갯짓했다.

"인형이요."

"매번 말해도 바뀌는 게 없네."

여자는 대놓고 콧방귀를 뀌었다. 여자는 은재가 낡은 인형을 집으로 가져오는 걸 싫어했다. 게다가 은재의 부업을 두고 떠들고 다녔다. 남자가 혼자 살면서 인형 바느질이나 하는 게 소름 끼치지 않느냐는 거였다. 비리비리하고 남자다운 모습이 하나도 없는 게 분명 그쪽이라며.

여자 뒤로 이제 열 살이 되었을 남자아이가 고개를 빼꼼 내밀었다. 옆집과 처음부터 사이가 나빴던 건 아니었다. 2년 전, 은재가 이사 왔을 때 옆집 여자는 은재가 깔끔하고 예의 바른 청년이라며 칭찬을 아끼지 않았다. 여자는 밤늦게까지 일할 때마다 은재에게 민하를 부탁했다. 은재는 민하에게 저녁을 차려주고, 민하가 좋아하는 게임을 같이하고, 인형을 수리하는 동안 그 옆에서 민하가 인형을 가지고 마음껏 놀게 해줬다.

다른 의도가 있었던 건 아니었다. 그건 쓸쓸한 어린 시절을 보낸 어른이 자신과 비슷한 쓸쓸함을 가진 아이에게 최소한의 보호 장구를 달아주는 것과 같았다. 어두컴컴한 집에서 무한히 흐르는 시간을 홀로 건디는 것보다는, 조금 어색해도 뭔가 챙겨주기 위해 애쓰는 어른이 주변에 있는 게 아이에게는 그나마 더 힘이 되는 기억으로 남을 테니까. 민하는 은재를 잘 따랐다. 외롭게 자라긴 했어도, 언제든 금세 밝은 쪽으로 돌아설 수 있는 선하고 맑은 아이였다.

사이가 틀어지기 시작한 건 전혀 예상치 못했던 사건 때문이었다. 한밤중에 고약한 탄내를 맡은 은재는 냄새의 근원이 옆집이라는 것을 깨달았다. 벨을 누르고 문을 두드려도 답이 없기에 경비원을 부르고 119에 신고했다. 마침내 여자가 문을 열었을 때는 은재, 경비원, 구조대원들이 서 있고, 화재 경보와 소란 때문에 아파트 주민들이 깨어난 후였다. 여자는 얼굴이 시뻘게져서 벌벌 떨며 우족탕을 끓이다가 너무 피곤해서 잠들었다고 했다. 사건은 그렇게 마무리됐지만, 우족이 끓고 끓다 까맣게 타버린 그 지독한 냄새는 한동안 지워지지 않았다.

그 후로 여자는 쌀쌀맞게 굴기 시작했다. 은재가 인형 세척에 쓰는 약품 냄새에 종일 머리가 아프다느니, 오래된 인형의 쿰쿰한 냄새가 복도까지 진동해서 곤란하다느니, 집에 곰팡이가 생기는 건 은재가 주워 온 인형의 병균 때문이라느니 하면서 온갖 트집을 잡았다. 귀촌은 이전부터 계획한 것이었지만, 은재가 이사를 더욱 서두르게 된 건 옆집과의 불화가 커지면서부터였다.

"쓰레기 같은 냄새 나는 걸 매번. 다 같이 사는 아파트에 자꾸 이런 걸 가지고 오면 안 된다고요."

"그래서 곧 나간다고 했잖아요."

"나가는 건 나가는 거고. 그보다 오늘 그 집에 찾아온 건 누구예요?"

"네?"

은재는 재빨리 머리를 굴려봤다. 하지만 집까지 찾아올 만한 사람은 없었다.

"젊은 남자던데. 문 앞에서 한참 서 있다가…… 아, 혹시 애인? 벨도 안 눌러, 두드려보지도 않아, 그냥 서 있었다고요."

"잘 모르겠는데요."

여자는 뭔가 잔소리를 한바탕 더 늘어놓고 싶은 표정이었지만 뒷말을 삼켰다. 은재는 닫히는 문 사이로 슬픈 표정의 민하에게 슬쩍 눈인사를 건네고는 돌아섰다. 그러고는 현관을 바라보는데, 누군지 모를 한 남자가 이 문을 빤히 쳐다보고 있었을 생각을 하니 갑자기 소름이 돋았다.

'누구지?'

문득 누군가가 지켜보고 있는 것 같았다. 하지만 당연하게도, 주위에는 아무도 없었다. 은재는 인형들이 든 검은 봉투를 더욱더 꽉 쥐었다.

◇

은재는 레토르트 설렁탕과 즉석밥에 맥주 한 캔을 더해 대충 저녁을 때웠다. 너무 피곤해서 당장이라도 쓰러질 것 같았지만, 복잡한 머릿속을 비우지 않고는 쉽게 잠들지 못할 듯했다. 인형을 세탁하고 자자고 마음먹었다. 그래야 얼마나 수선이 필요할지 정확히 알 수 있을 것 같았다.

봉투에서 인형을 하나씩 꺼내 살펴봤다. 장롱 안에 있었던 곰 인형은 그나마 상태가 나았지만, 고동색 털은 빛이 바랬고 솜이 처져 전체적으로 지치고 시무룩한 인상을 줬다. 덜렁거리는 귀와 눈도 다시 박고, 닳은 코도 교체해야 할 것 같았다. 애벌레 인형은 실밥이 터진 곳이 꽤 있는 데다 정체 모를 끈적한 습기에 젖어 있었다. 카운터에 있던 고릴라 인형은 들어 올리자마자 목이 바닥으로 굴러떨어졌다. 툭, 떨어져서 굴러가는 소리가 봉제 인형치고는 꽤 둔탁하게 들렸다. 가장 문제는 솥 안에 있던, 큰 귀가 아니면 알아보지 못했을 토끼 인형이었다.

은재는 잔잔한 음악을 틀어놓고 인형들의 배를 갈라 솜을 빼내는 작업을 했다. 낡고 뭉친 솜을 꼼꼼히 빼낸 후에는 솔로 먼지를 털고, 세제를 푼 물에 여러 번 담가 겹겹이 쌓인 때를 씻어냈다. 삭아버린 인형들이 찢어지지 않게 조심조심 손으로 세탁하다 보니 어느덧 자정이 넘었다. 소독을 위해 약을 푼 물에 인형들을 담가두고 욕실 밖으로 나왔다. 그사이에 민하에게 문자가 와 있었다.

형 언제 이사 가요?

또래에 비해 훨씬 성숙한 민하는 은재가 곧 이사 갈 거라고 말했던 게 계속 신경 쓰였던 모양이었다. 아직 정리해야 할 게 산더미라 나갈 날짜가 정해진 건 아니었다. 은재는 뭐라고 대답해야 할지 고민했다. 현관 쪽에서 기척이 느껴진 건, 민하에게 보낼 문자를 한참 지웠다 쓰기를 반복하고 있을 때였다. 곧 옆집 여자가 했던 말이 떠올랐다.

한참 동안 은재의 집 앞에 가만히 서 있었다는 한 남자.

은재는 문이 확실히 잠겼는지 다시 확인하고 현관의 방범 카메라를 켰다. 문 앞에는 아무도 없었다. 괜한 두려움 때문이었을까? 하지만 노이즈가 낀 화면을 자세히 들여다보면 볼수록 어딘가 이질감이 들었다. 화면 앞에 더 바짝 다가섰다. 계단 한구석, 카메라에 잡히지 않는 곳에서 그림자가 살짝 움직였다. 광각 카메라에 비치는 그 미묘한 움직임은 분명 은재를 바라보고 있었다. 그리고 은재가 자신을 바라보고 있다는 걸 알고 있는 것 같았다.

잔잔하게 틀어놨던 음악이 뚝 멈추는 동시에 현관 앞을 비추던 카메라가 꺼졌다. 황급히 다시 켰지만 그림자는 사라진 후였다. 순간

가슴이 철렁 내려앉을 정도로 시끄러운 화재 경보가 울렸다. 우족탕의 그 지독한 탄내가 코끝에 닿았다.

잠시 후 화재 경보는 오작동이었다는 안내 방송이 흘러나왔다. 그 와중에도 옆집은 잠잠했다. 다시 침묵이 내려앉는 동안, 은재는 물기를 짠 인형들을 건조대에 널었다. 고작 맥주 한 캔을 마셨을 뿐인데 새벽 3시가 넘어가자 늦은 밤의 취기에 젖어든 듯 머리가 몽롱해졌다.

애를 써 몇 번이고 세탁한 토끼 인형은 온몸이 삭아서 너덜너덜 늘어져 있었다. 그 집에 살던 아이가 가장 아꼈던 인형이 이 토끼였던 모양이었다. 때가 벗겨지고 나니 토끼 귀에 바느질로 삐뚤삐뚤하게 '토미'라는 글자가 박혀 있는 게 보였다. 온 정성을 기울여 새긴 것 같았다. 그 모습에 이상하리만치 마음이 아팠다.

"토미."

토끼 인형의 귀를 만지작거리며 소리 내 불러봤다.

"너도 보고 싶은 친구가 있겠구나."

은재가 알기론 토미의 주인은 10년 전 실종되었다.

◇

부동산 중개인은 이곳이 왜 이렇게 싸게 나왔는지 구구절절 설명해줬다. 은재는 당시의 뉴스를 찾아보고 사건의 전말을 알게 되었다. 은재가 사들인 폐가는 노부부가 등산객들을 상대로 국밥을 팔던 식당 겸 작은 매점이었다. 말도 안 되는 사업을 벌이다 빈털터리가 되었다는 노부부의 아들 부부가 어린 자식을 데리고 와서 식당 일을 거들었다.

아들 부부가 온 지 얼마 되지 않아 노부부는 갑작스럽게 세상을 떠났고, 아들 부부는 동네 사람들에게 돈을 꾸러 다녔다. 맡겨둔 돈을 받으러 온 것 같은 뻔뻔한 행동에 부부에 대한 안 좋은 소문이 퍼지기 시작했다. 부부는 동네 식당에서 밥을 먹고 돈을 내지 않고 가버리거나 가게에서 물건을 훔치고는 들키면 도리어 화를 내곤 했다. 아이를 학대한다는 말도 돌기 시작했으나 그 누구도 아이를 위해 나서지 않았다.

부부의 기이한 행동은 식당 운영이 힘들어지면서 더 심해졌다. 등산로에서 실종 사건이 연이어 벌어진 뒤로 식당은 거의 폐업 수준이 되었다. 어느 순간부터 식당과 함께 세 가족의 존재는 점점 더 사람들에게서 지워져갔다.

그 무렵 전국 뉴스의 헤드라인을 장식했던 사건의 진상이 밝혀졌다. 부부는 손님으로 온 등산객들을 죽이고 현금과 금품을 빼앗아왔던 것이다. 등산을 마치고 부부의 식당에서 계모임을 하던 한 무리에게 농약이 든 매실차를 먹인 뒤 현금을 갈취한 게 그 시작이었다. 하지만 꼬리가 길면 잡히는 법. 부부는 경찰들이 들이닥치기 전 거하게 식사를 한 뒤 부엌에 불을 질러 가스에 질식사한 채 발견됐다. 비닐에 싸인 시체들은 장롱에 있었다.

끝까지 밝혀지지 않은 건 아이의 행방이었다. 아이의 것으로 추정

되는 다량의 피가 집 안 곳곳에서 검출됐는데, 시신은 끝까지 찾을 수 없었다. 공식적으로는 실종이었지만 아무도 그 아이가 살아 있을 거라고 믿지 않았다. 사건은 그렇게 마무리되었다.

그 아이의 이름은 무엇이었을까.

은재는 불을 끄고 자리에 누워 멍하니 천장을 바라보며 생각했다. 기사에는 10세 A 양이라고만 나와 있었다. 뒤뜰에 반쯤 묻혀 있던 낡은 간판에서 식당의 이름을 본 것도 같았다. 누군가의 이름을 따서 지은 게 아닌가 생각했었는데, 지금은 떠오르지 않았다.

'예전 학교 앞 문방구 이름도 할머니가 손자 이름을 따서 지었던 것 같은데…….'

수채화 자국처럼 과거의 기억이 머릿속에서 어지럽게 번지는 가운데, 은재는 식당의 이름도, 문방구의 이름도 기억하지 못하고 잠들었다.

은재는 방문 밖에서 들려온 기척에 누가 찬물이라도 끼얹은 듯 깜짝 놀라 잠에서 깨어났다.

지익— 지익—

무언가 끌리는 듯한 소리가 집 안에서 났다. 은재는 피가 차갑게 식는 걸 느꼈다. 꿈인가 싶었지만, 분명한 현실이었다. 혹시 현관 앞에 서 있었다는 그 남자가 집 안에 들어온 건가? 떨리는 손을 부여잡으며 경찰에 문자로 신고했다.

끼이익—

그때 소름 끼치는 소리가 들렸다. 방문이 열린 줄 알았으나 침대 옆에 있던 장롱 문이 열린 것이었다. 그 어둠을 의식하며 은재는 주춤주춤 침대에서 내려왔다. 발에 차가운 물기가 닿자 소름이 돋았다. 무언가 침대 주위를 맴돌았던 듯 젖은 자국이 여기저기 이어져 있었다. 장롱 안에서 비닐이 바스락거리는 소리와 함께 음침하고 고통에 짓이겨진 듯한 낮은 울음이 흘러나왔다. 은재는 장롱의 어둠에서 눈을 떼지 않은 채, 침대 옆 작업대에 있던 커다란 가위를 집어 들었다.

장롱에서 핏기 없이 창백한 다리와 팔이 스르륵 밖으로 삐져나왔다. 은재는 너무 놀라 비명도 지르지 못하고 그 자리에 굳어 있었다. 희미한 달빛에 비친 그 몸은 사람이라고 하기에는 너무 기묘했다. 그건 마치…… 인간의 피부를 봉제 인형처럼 꿰매어놓은 듯한 모습이었다. 그 안에 솜 대신 무엇이 들어 있는지는 몰라도, 붉은 실로 꿰매진 피부는 솜을 빼서 널어놓은 봉제 인형의 껍데기처럼 헐렁하고 너덜너덜해 보였다. 곧 그것이 스윽 고개를 내밀었다.

그 얼굴에는 함부로 박아놓은 것처럼 눈과 코가 아무렇게나 붙어 있었다. 눈물이 흐르는 충혈된 눈은 은재를 똑바로 바라보고 있었고, 끝이 닳아서 들창코처럼 들린 코는 은재가 뿜어내는 두려움의 냄새를 킁킁거렸다. 입은 곰 인형의 그것처럼 시옷 모양으로 꿰매어져 있었는데, 그 사이에서는 끔찍한 토사물이 괴이한 울음과 함께 흘러나오고 있었다. 심지어 귀는 얼굴의 양옆이 아닌, 곰 인형처럼 머리 위에 꿰매져 있었다. 덜렁거리는 귀에서 흐른 피가 이마와 볼을 타고 흘러내렸다.

"도망……쳐."

그것…… 그러니까 곰 인형이 말했다.

은재는 자꾸만 풀리려는 다리에 애써 힘을 주며 방문을 열었다. 컴컴한 거실로 발을 딛다가 바닥에 있는 끈적한 액체에 그만 미끄러지고 말았다. 찌릿한 통증과 함께 발에 물컹한 무언가가 닿았다.

그것은 거실 바닥에 달팽이의 점액 같은 끈적한 자국을 남기면서 기어다니고 있었다. 여러 개의 팔과 다리가 살점과 함께 아무렇게나 뭉쳐져 있는 듯한 그 형체는 높은 곳에서 떨어진 찰흙처럼 터져 있었다. 실밥이 풀린 피부 사이로 흘러나온 검붉고 끈적한 액체는 그것이 거실에 커다란 원을 몇 번이고 그리고 있었다는 사실을 알려줬다. 여기저기가 터진 애벌레 인형을 처음 집었을 때의 끈적함이 은재의 머릿속을 스쳐 지나갔다.

은재가 멈칫하는 순간, 팔과 다리가 꿈틀대는 살덩이 한가운데에 있던 거대한 머리가 고개를 돌려 은재 쪽을 바라봤다. 물에 퉁퉁 불어 형체를 제대로 알아볼 수도 없는 사람의 얼굴 같은 그것은 뭉그러진 입을 뻐끔거리며 더듬이처럼 돋아 있는 두 팔을 벌렸다. 물속에 잠긴 것처럼 그 어떤 소리도 나오지 않았지만, 분명히 그건 은재를 붙잡으려고 하고 있었다. 그나마 천만다행으로 인간도 아니고 애벌레도 아닌 그것은 자신의 무거운 몸을 주체하지 못했다. 은재는 자신을 붙잡으려 느리게 버둥거리는 팔과 다리를 밀쳐내고 현관 쪽으로 기어갔다. 하지만 툭, 하고 둔탁한 무언가가 떨어지는 소리에 그만 멈추고 말았다.

분명 저 소리는……. 솜만 들어 있는 봉제 인형의 머리가 바닥으로 굴러떨어지는 소리가 왜 그렇게 무겁게 들렸었는지, 그제야 그 섬뜩한 진실을 깨달았다. 식당 입구를 지키고 있던 고릴라 인형. 은재의 시선이 현관 쪽으로 향했다. 고릴라처럼 거대하고 울룩불룩한 살덩이가 현관 앞에 버티고 서 있었다. 터질 듯 부풀어 오른 살가죽 때문에 당장이라도 실밥이 터질 것 같았다. 그것은 천천히 몸을 숙여 떨어진 머리를 다시 끼우고 문을 노려봤다. 누군가를 기다리는, 아니 노려보는 것처럼. 어쩐지 머리와의 연결이 자꾸 끊어지는 것 같은 몸은 기묘하게 흔들거렸다. 그러다가 다시 툭, 하고 머리가 떨어졌다.

이번에는 머리가 은재 앞으로 굴러왔다. 은재는 꼼짝없이 그 얼굴에 달린 눈과 눈을 마주쳤다. 고릴라와 인간의 끔찍한 혼종 같은, 그래서 더없이 소름 돋는 시커먼 얼굴이었다. 그건 은재의 눈을 똑바로 바라보더니 별안간 내장이 찢어지는 듯한 비명을 지르기 시작했다. 은재의 입에서도 그것과 비슷한 비명이 튀어나왔다. 은재는 손에 들고 있던 가위로 그 얼굴을 내리쬤었다. 그러자 다시 화재 경보가 날카롭게 울리기 시작했다.

비명과 사이렌이 정신없이 울리는 와중에 부엌에서 붉은 불빛이 치솟았다. 냄비에서 무언가 요란하게 끓어올랐다. 불길과 연기가 부엌을 뒤덮었다. 벌떡 일어난 은재는 싱크대 수전을 당겨 타오르는 냄비에 물을 끼얹기 시작했다. 하지만 불길은 잦아들지 않았다. 오싹한 느낌이 은재의 목을 졸랐다. 그때 냄비 안에서 어떤 소리가 들리기 시작했다.

아이의 울음소리.

은재는 눈앞이 아득해지는 걸 느꼈다. 펄펄 끓어 넘치며 덜그럭거리는 냄비에서 분명 아이가 절망에 차서 우는 소리가 들리고 있었다. 장롱에 숨어 있던 곰 인형과 거실을 기어다니는 애벌레 인형, 현관에 버티고 있는 고릴라 인형까지……. 은재는 봉제 인형들에게 완전히 포위당했다. 남은 건 삭아 문드러진 토끼 인형이었다. 아이가 가장 좋아해서 토미라는 이름을 붙여준 인형. 은재는 뜨거운 줄도 모르고 떨리는 손으로 홀린 듯 냄비 뚜껑을 열었다.

그 안에 있는 걸 본 순간, 은재는 단두대에서 순식간에 목이 잘린 듯 얼어붙고 말았다.

뚜껑이 요란한 소리를 내며 바닥으로 떨어졌다. 타버린 우족탕같이 구역질이 날 정도로 고약한 악취가 날카로운 칼날처럼 은재를 덮쳤다. 그 폐가에서 토끼 인형이 들어 있던 솥을 열었을 때 났던 무시무시할 정도로 끔찍한 냄새였다. 은재는 냄비 안으로 손을 집어넣어 그 안에 있는 걸 꺼내려고 애썼다. 아무 고통도 느껴지지 않았다. 의식이 아득한 어둠 속으로 쓸려 내려가듯 흐려졌다. 마지막에 누군가가 은재를 붙잡고 손을 빼내준 것 같았지만, 그게 누군지는 알 수 없었다.

◇

신고를 받고 찾아온 경찰보다 조금 더 앞서 기절한 은재를 발견한 건 민하였다. 비명을 들은 민하가 은재의 집 문을 열고 들어왔던 것이다. 민하는 은재가 알려줬던 현관 도어록 비밀번호를 기억하고 있었다. 뒤늦게 도착한 경찰들이 다른 침입자의 흔적을 찾으려 했지만 결국 아무것도 찾지 못했다고 했다. 오른손은 화상을 입었지만 다행히 다른 부상은 없었다.

"미안해. 놀라게 해서."

응급실에서 정신을 차린 후 경찰에게 있었던 일을 전해 들은 은재는 민하에게 바로 전화를 걸었다. 어린아이가 새벽에 비명을 듣고 놀라 뛰어왔을 생각을 하니 마음이 철렁 내려앉았다. 아니나 다를까, 민하는 여전히 겁에 질려 있었다.

"형 괜찮아요?"

"난 이제 괜찮아. 그냥 악몽을 심하게 꿔서 그래. 넌?"

"좀 놀랐는데, 지금은 괜찮아요."

애써 씩씩하게 대답하는 목소리를 들으며, 은재는 민하가 그 인형들을 직접 보지는 않은 것 같아 다행이라고 생각했다.

"근데…… 형 집에 다른 사람들이 있었어요."

은재의 심장이 쿵 내려앉았다.

"아냐. 경찰이 아무도 없었다고 했어."

"경찰 아저씨들이 오니까 없어졌어요. 하지만 어둠 속에 분명 누가……."

민하가 미처 말을 마치기도 전에 옆에서 바꿔달라고 소리치는 옆집 여자의 성난 목소리가 들렸다. 실랑이가 벌어지는 가운데, 은재는 민하에게 꼭 하고 싶었던 말을 외쳤다.

"민하야, 민하야. 그게 뭐든 걱정하지 마. 그건 이제 없어. 알았지?"

"하지만……."

"형이 없앨 거야. 약속해. 그러니까 걱정하지 않기로."

전화는 급하게 끊겼다. 마지막 말을 민하가 들었는지는 알 수 없었다.

은재가 병원을 나와 다시 집으로 돌아온 건 다음 날 정오가 지나서였다. 어젯밤 일을 떠올리면 당분간은 집에 발을 들이고 싶지 않았지만, 가야만 하는 단 하나의 이유가 있었다.

인형 철거.

그 번호를 찾아 연락해야 했다. 그 외의 다른 어떤 것도 어제 일어난 일에 대한 해답을 주지 못할 것 같았다.

현관문을 열자 새벽에 벌어졌던 현장이 그대로 눈앞에 펼쳐졌다. 은재가 혼자 날뛴 아수라장이었다. 적어도 경찰은 그렇게 판단했다. 은재는 바닥에 널브러져 있는 솜 빠진 봉제 인형들을 바라봤다. 현관 바로 앞에는 목이 떨어진 고릴라 인형과 가위가 꽂혀 있는 그 머리가, 거실에는 축축하게 젖어 있는 애벌레 인형이, 방에는 너덜너덜하게 찢긴 곰 인형이 널려 있었다. 그들의 눈은 하나같이 은재를 뚫어지게 바라보고 있었다.

은재는 그 인형들을 건드리지 않게 조심하며 집 안을 가로질렀다. 바지 주머니에 아무렇게나 쑤셔 넣어놨던 쪽지를 꺼내 전화를 걸었다. 얼마나 긴장이 됐던지 손바닥에서 땀이 날 정도였다. 신호가 몇 번 가지 않아 젊은 남자의 건조한 목소리가 들렸다.

"인형 철거입니다."

"저, 쪽지 보고 연락드렸는데요."

떨리는 목소리를 내리누르며 최대한 침착하게 현재까지의 상황과 겪었던 일을 설명했다. 잠자코 듣고만 있던 남자는 집에 있는 무엇도 건드리지 말고 일단 폐가에서 만나자고 했다. 무엇이 어떻게 된 건지, 수습은 가능한 건지, 무엇보다 이 사람을 믿을 수는 있는 건지. 아무것도 알 수 없는 캄캄한 상황에서 은재는 썩은 동아줄이라도 잡는 마음으로 급하게 차를 몰았다.

◇

폐가의 내부는 여전히 음침했지만, 그 위로 따스하게 내리쬐는 햇빛은 지금까지 일어났던 일이 모두 거짓말인 것처럼 평화로워 보였다. 초여름 열기에 살짝 데워진 부드러운 바람이 은재의 머리카락을 쓸고 지나갔다. 폐가 뒤쪽에서 높게 자란 풀이 스치는 소리가 들렸다. 은재는 뒤뜰로 향했다. 그곳에서는 숲이 더 잘 보였다. 숲은 당장이라도 폐가를 덮칠 듯 짙은 초록빛의 거대한 파도처럼 보였다.

남자는 숲을 바라보며 폐가 근처를 서성이고 있었다.

"인형 철거하시는 분이죠?"

은재가 묻자 남자가 돌아섰다. 은재와 나이대는 비슷해 보였지만, 맑고 티 없는 눈빛은 남자를 더 어려 보이게 했다. 동그랗고 커다란 눈에 뾰족하게 솟은 입술 산이 도드라져 보였다. 남자는 마른 체형이었지만 헐렁한 티셔츠 밖으로 드러난 팔의 잔근육은 꽤 탄탄해 보였다. 하지만 철거라고 하면 흔히 떠오르는, 몸을 잘 쓸 듯한 인상은 아니었다.

무엇보다 어딘가 이상하게 익숙한 얼굴이었다. 하지만 한편으로는 단 한 번도 본 적 없는 낯선 얼굴처럼 느껴졌다. 남자의 얼굴에는 딱히 뭐라 할 표정이 없었다. 마음이 급한 은재와 달리 한가로워 보이기까지 했다.

"저, 지금 혹시 상황이 안 좋나요?"

초조하게 묻자 남자는 무심하게 고개를 끄덕였다.

"인형을 건드린 데다 가져가서 고치기까지 했으니까요. 아마 여기에서 있었던 나쁜 일들이 다 들러붙었을 거예요."

"제가 본 게 진짜 있었던 일이라고요?"

"네. 저 강 너머의 모습이라 더 끔찍하게 보였을 수도 있겠지만요."

은재는 어젯밤 일을 떠올렸다. 화상을 입어 붕대를 감아둔 손이 갑자기 욱신거리는 것 같았다.

"끓는 냄비 안에 아이가 들어 있었어요."

은재가 한참 만에 떨리는 목소리로 말했다. 남자는 미동 없이 은재를 바라봤다. 그 시선이 은재의 다친 손으로 향했다.

"제가 뭘 잘못한 건가요? 인형을 건드려서 힘든 상황을 만든 건 아니죠? 그러니까, 그 아이한테요."

"아이가 아꼈던 인형이라서 고쳐주신 거 아닌가요?"

"네?"

"그런 다정한 마음에는 잘못이 없죠."

덤덤한 목소리로 남자가 대답했다. 특별히 위로하려는 것도 아니고, 애써 좋은 말을 덧붙이려는 듯한 태도도 아니었다. 남자는 턱짓으로 어딘가를 가리켰다. 풀숲에 반쯤 파묻혀 있는 예전 식당 간판이 보였다. 은재는 지저분한 풀을 걷어내고 그 이름을 정확히 봤다.

세미식당.

"세미."

소리 내어 이름을 불렀다. 인형을 아꼈던 아이의 이름이 세미였구나, 싶었다.

"인간만 인형에게 애착을 가지는 건 아니에요. 인형도 마찬가지죠."

남자는 먼 곳을 응시하며 나지막하게 중얼거렸다.

주어진 시간은 많지 않았다. 남자는 은재에게 최대한 빨리 폐가를 정리하라고 했다. 인형들이 현 세계에 머물 수 있는 익숙한 공간은 가능한 한 전부 치워둬야 했기 때문이었다. 남자는 인형 철거가 이루어지는 오늘 밤에는 무슨 일이 있어도 절대 집에 들어오지 말라고 당부했다. 은재뿐 아니라 누구도 그사이에 집에 들어가면 안 됐다. 해가 뜬 후 마지막으로 집 청소를 하면 모든 게 원래대로 돌아갈 거라고 했다. 은재는 철거 업체를 불러 최대한 폐가를 정리하기로 했고, 남자는 먼저 인형들이 남아 있는 은재의 집으로 가 철거 준비를 하겠다고 했다.

그렇게 남자와 헤어지려는데 문득 떠오르는 게 있었다.

"혹시, 어제 제 집에 찾아오셨었나요?"

남자는 또 빤히 은재를 바라보기만 했다. 은재는 남자의 침묵을 그렇다는 대답으로 받아들였다.

"솔직히 무섭네요. 저에게 뭘 원하시는 건지."

은재는 가라앉은 목소리로 말했다.

"지켜주려고 그랬던 거예요."

남자는 커다란 눈을 깜빡이면서 대답했다.

"아니면 어젯밤에 죽었을 테니까."

◇

은재는 폐가의 문에 광고 스티커가 붙어 있던 철거 업체에 연락해서 당장 오늘부터 철거를 시작해달라고 사정했다. 커다란 목청을 자랑하는 사장은 순식간에 인부들을 불러 모아 빠르게 지저분한 것들을 뜯어냈다. 하지만 큰 것들만 치워졌을 뿐, 정리해야 할 건 여전히 많았다. 그래도 오늘은 이 정도로 만족할 수밖에 없을 것 같았다.

"아무래도 찝찝하죠? 잘하셨어요. 빨리 정리하셔야지. 근데 왜 주방 쪽은? 저거까지는 오늘 해드릴 수 있는데."

"아 저건, 나중에 처리할게요."

은재는 그쪽은 경찰에 맡길 거라는 얘기는 굳이 하지 않았다. 사장은 더 캐묻고 싶은 모양이었지만 은재는 말을 피했다.

급한 철거가 끝나고 나서 경찰을 불렀다. 은재는 묘한 표정의 경찰들에게 검은 솥에 든 것에 대해 한참 설명해야 했다. 아직 어두운 곳에 잠겨 있는 세미를 어떻게든 밖으로 끄집어내야 했다. 경찰은 은재의 다친 손을 물끄러미 바라보더니 나중에 연락을 주겠다고 했다.

폐가에서의 모든 일을 마치자 해가 지고 있었다. 하지만 인형 철거를 시작하기 전에 꼭 해야 할 일이 있었다.

"제가 따로 시간이 안 돼서 오늘 밤에 간단한 공사를 하게 됐는데요. 시끄러운 소리가 날 수도 있어서 미리 양해를 구하려고요. 이상한 소리가 나도 걱정 안 하셔도 돼요."

은재는 옆집 여자의 잔소리를 한바탕 들은 후 몇 번이나 사과하며 비싼 과자를 건넸다. 이미 경비원과 아랫집, 윗집에게도 똑같은 말을 전한 후였다. 여자는 민하가 새벽에 겪었던 소동 때문에 여전히 화가 나 있었다. 가장 걱정된 것도 바로 옆집이었다. 예상대로 여자는 호락호락하게 넘어가지 않았다.

"도대체 뭔데 그래요? 알아야 내가 신경을 안 쓰지."

"말씀드렸잖아요. 이사 가기 전에 정리해야 해서 그래요."

여자와 은재가 돌림노래 같은 말씨름을 벌이는 동안 민하는 뒤에서 그 모습을 잠자코 지켜봤다. 민하에게도 꼭 직접 부탁하고 싶었다.

"민하야, 이번에는 무슨 소리가 들려도 어제처럼 안 달려와도 돼. 괜찮으니까."

민하는 고개를 끄덕였다. 여자도 한발 물러나 결국 문을 닫고 들어갔다. 이쯤 하면 할 수 있는 건 다 한 것 같았다. 그제야 조금 안심이 된 은재는 한숨을 내쉬고 아직은 잠잠한 자신의 집 현관을 바라봤다. 이제 창밖은 짙은 어둠 속으로 잠겨가고 있었다.

그 남자는 안에서 인형 철거를 하는 중인 걸까? 인형 철거는 어떻게 하는 걸까? 답 없는 질문들이 은재의 머릿속을 마구 휘젓고 다녔다. 머리가 깨질 듯이 아팠다.

은재는 근처 24시 코인 빨래방에 갔다. 세탁기가 돌아가는 소리는 묘한 안정감을 줬다. 은재는 커피 한 잔을 들고 멍하니 앉아 돌아가는 세탁물을 바라봤다. 누군가의 커다란 곰 인형이 얼굴이 짓눌린 채 빙빙 돌아가고 있었다. 통유리 너머로 고개를 돌리니 빨래방 건너편에 있는 초등학교와 문방구가 보였다.

그 순간, 흐릿했던 어린 시절 기억이 마법처럼 돌아왔다. 여덟 살이나 아홉 살 정도였을까. 그날은 은재의 생일이었다. 그때 은재에게는 온 마음을 다해 사랑과 정성을 쏟아부을 친구가 필요했었다. 은재는 문방구 앞에 놓인 상자 구석에 웅크려 있던 가장 작은 병아리를 소중히 품었다. 부모님 몰래 병아리를 장롱에 넣어두고 두근거리는 마음으로 어서 빨리 밤이 되길 기다렸다. 병아리가 울어서 들킬까 봐 걱정했지만, 병아리는 조용히 잘 있어줬다.

은재는 한밤중에 조심스럽게 병아리를 꺼내 손에 쥐고 한참을 쓰다듬었다. 병아리는 손바닥에 머리를 박고 꾸벅꾸벅 졸았다. 그 작은 존재의 희미한 온기와 솜털 같은 무게는 큰 위로가 되어줬다. 이름을 뭐라고 지어야 할까. 한참 고민하다가 깜빡 잠이 들었다. 화들짝 놀라 일어나니 병아리는 여전히 손에서 잠들어 있었다. 하지만 더는 따뜻하지도, 부드럽고 보송하지도 않았다. 차갑고 뻣뻣해진 병아리를 껴안고 은재는 한참 동안 울었다.

"제가 이름을 빨리 지어주지 않아서 죽은 걸까요?"

문방구 할머니에게 훌쩍이며 물었다. 모든 게 자신의 잘못인 것만 같았다. 할머니는 부채질을 하며 한참 침묵하다, 문방구에서 팔고 있던 병아리 봉제 인형을 은재에게 무심히 던졌다.

"이름 짓고 키워봐. 그건 안 죽으니까."

할머니는 퉁명스럽게 말했지만, 그 다정한 눈빛만은 어린 은재를 걱정하고 있었다. 은재는 병아리 인형을 소중히 안고 이름을 뭐라고 지을지 고민했다. 마치 병아리가 다시 살아 돌아온 것 같은 기분이 들었다. 그리고 문득 머릿속에 이름 하나가 떠올랐다.

"수호라고 할래요."

그렇게 대답하던 순간이 생생하게 그려졌다. 문방구 할머니의 얼굴에 떠오르던 깊은 슬픔까지도. 수호문방구. 드디어 문방구 이름이 생각났다. '수호'는 할머니 손자의 이름이었다. 아무도 정확한 사연은 몰랐지만 손자는 오래전 세상을 떠났다고 했다. 그날 할머니는 은재가 병아리를 묻을 수 있게 문방구 뒤뜰 한구석에 땅을 파줬다.

수호는 그 후로 은재가 가장 아끼는 인형이 되었다. 은재는 수호라는 이름이 어쩐지 자신을 지켜주는 수호신 같아서 마음에 들었다. 직접 바늘과 실을 가지고 수호의 닳은 부분을 고쳐줬던 것이 습관으로 남아 지금까지 봉제 인형을 수리하는 일을 하게 되었다.

문방구 할머니는 인형은 죽지 않는다고 했다. 하지만 은재는 수호를 잃어버리는 것으로 사실상 그 죽음을 겪었다. 부모님이 모두 돌아가시고 나서 은재는 정신없이 파도에 휩쓸리듯 보육원으로 옮겨졌다. 입고 있던 옷 외에 어떤 물건도 챙길 수 없었다. 나중에 그 집을 찾아갔을 때는 이미 모든 게 없어진 뒤였다. 수호도 다시는 찾을 수 없었다.

은재는 차갑게 식은 커피를 마셨다. 온몸이 물에 젖은 솜처럼 무거웠다. 안에 가득 차 있는 눈물이 흐르지 않고 고여 있는 듯한 기분이었다. 과거는 아무리 돌이켜 생각하고 또 생각해도 되돌릴 수 없다. 하지만 다른 건 몰라도 과거로 돌아가 수호만큼은 찾아오고 싶었다.

경찰이 장롱 안에 숨어 있던 어린 은재를 끄집어내던 순간, 꼭 안고 있던 수호를 떨어뜨렸다. 그때 버둥거리며 울고 떼를 써서라도 수호를 주웠어야 했다. 경찰은 재빨리 은재의 눈을 가렸다. 하지만 은재는 손가락 사이로 어지러운 붉은빛을 보고 말았다. 그 후로 모든 게 뒤죽박죽이 되었다. 아무리 두려운 마음이 컸어도 그냥 그렇게 구급차에 올라탔으면 안 됐다. 그게 정말 수호와의 마지막이었으니까.

어느덧 새벽 3시가 넘어가고 있었다. 적막을 깨고 전화벨이 울렸다. 급히 전화를 받자 민하는 울고 있었다.

"엄마가 형 집에 들어가서 안 나와요."

"거기 가만히 있어. 절대 안에 들어가지 말고. 바로 갈게."

인형 세탁이 끝났다는 알람이 울렸다. 커다란 곰 인형이 유리창에 얼굴을 바짝 붙이고 은재를 바라보고 있었다.

◇

민하는 현관 앞에서 덜덜 떨며 은재를 기다리고 있었다. 은재의 집 문은 열려 있었다. 그 모습을 보자 심장이 덜컥 내려앉았다.

"자꾸 누가 부르는 소리가 들려서 엄마가 못 참겠다고……. 제가 절대 들어가면 안 된다고 했는데도……."

"민하야."

은재는 민하의 어깨를 꽉 잡았다.

"괜찮아. 네 잘못 아니야. 절대 아냐."

은재는 한쪽 무릎을 굽히고 앉아 민하와 눈높이를 맞추고 마주 보려 했지만 민하는 고개를 푹 숙였다.

왜 빨리 신고하지 않았니?

경찰이 어린 은재의 어깨를 꽉 잡고 꺼냈던 첫 마디가 그것이었다. 마치 신고했다면 뭔가 달라졌을 것처럼 책망하는 말투로. 그 한

마디로 인해 부모의 죽음은 은재가 평생 지고 가야 할 무거운 돌덩이
가 되고 말았다. 그러니 민하만큼은 빨리 알리지 않았다는 이유로,
말리지 못했다는 이유로 평생 죄책감을 지고 살아가지 않았으면 했
다. 혹시나 다시 돌아오지 못하더라도 민하에게 확실히 답을 받아두
고 싶었다.

"무슨 일이 일어나도 네 잘못은 없어."

민하는 가만히 고개를 끄덕였다.

"형이 가서 엄마 찾아올게. 하지만 아무도 여기 들어오면 안 돼.
경찰도 부르면 안 돼. 그때까지 민하가 이 문 앞을 지켜줘. 알았지?"

민하는 다시 고개를 끄덕였다. 은재는 무슨 일이 있어도 인형 철거
중간에는 들어오면 안 된다고 했던 남자의 말을 떠올렸다. 하지만 어
쩔 수 없었다. 은재는 열린 문틈 사이로 보이는 불길할 정도로 시커
먼 어둠을 응시했다. 들어가기 직전, 마지막으로 민하를 돌아봤다.

"무슨 일이 일어나도 네 잘못이 아니야. 기억해."

그곳은 분명 은재의 집이었지만, 동시에 은재의 집이 아니었다.
모든 게 아주 조금씩 뒤틀려 있는 것 같았다. 암막 커튼이 드리워진
실내에는 음침한 붉은빛이 맴돌고 있었다. 온도 조절계가 고장 난
사우나에 들어온 것처럼 후끈한 열기와 일렁이는 습기가 은재를 내
리눌렀다. 물먹은 솜처럼 온몸이 빠르게 무거워졌다.

부엌 쪽에서 흐느끼는 소리가 들렸다. 여자의 울음 같았다. 은재
는 무거운 다리를 끌고 벽을 더듬거리며 앞으로 나아갔다. 소리쳐

부르고 싶었지만, 목이 꽉 막힌 데다 나아갈수록 눈앞의 풍경이 묘하게 기울어지는 듯한 느낌이 들었다. 은재는 온 힘을 다해 여자에게 다가갔다. 여자는 부엌에 웅크린 채 울고 있었다. 그녀는 그 끔찍한 봉제 인형들처럼 실밥으로 꿰맨 살덩이로 변해 있었다. 은재가 손을 뻗어 어깨를 짚자, 여자가 화들짝 놀라 돌아봤다. 인형의 눈과 코에 다는 까만 단추처럼 변한 눈코입에서 절망에 가득 찬 비명이 쏟아져 나왔다.

"찾았다!"

아이도 어른도 아닌, 여자도 남자도 아닌 웃음기 섞인 목소리가 쩌렁쩌렁 울렸다. 그 순간 뒤에서 나타난 커다란 손이 은재의 입을 틀어막고 무지막지한 힘으로 끌고 갔다. 반항할 틈조차 없었다. 은재는 질질 끌려가 어딘가로 던져졌다. 그곳은 장롱 안이었다.

"쉿. 조용히 해요."

버둥거리는 은재를 꽉 붙잡고 남자가 속삭였다. 어두워서 아무것도 보이지 않았지만, 자신의 옆에 있는 게 인형 철거를 하는 그 남자라는 걸 깨닫자 갑자기 알 수 없는 안도감이 온몸을 감쌌다. 다만 어쩐지 남자는 인간이 아닌 것처럼 느껴졌다. 마치 커다랗고 푹신한 솜뭉치가 옆에 앉아 있는 것 같았다. 그 묘한 포근함에 눈물이 날 것 같았다.

"당신이 들어온 걸 알았으니 지금부터 그들이 잡으러 올 거예요. 숨바꼭질에서 이겨야 여기서 나갈 수 있어요. 그 여자도요. 그러니 내 말 잘 들어요. 정말 마지막 기회니까."

은재는 간신히 고개를 끄덕였다.

"무슨 일이 있어도 여기서 나가거나 대답하거나 반응하면 안 돼요. 그들은 무슨 수를 써서라도 속이려고 할 거예요. 제 목소리로 말을 걸어도 믿지 마세요. 전 당신 옆에 계속 가만히 있을 거니까."

"그럼 언제까지……."

"해가 뜨고 숨바꼭질이 끝나면 당신이 정한 암호로 부를게요. 그때 대답하면 돼요."

암호. 은재의 머릿속에 가득 찬 건 하나의 이름뿐이었다. 어렸을 때 부모님이 심하게 다투거나 돈을 받으러 온 사람들이 쳐들어올 때면, 은재는 장롱에 수호와 숨곤 했다. 언제나 소란은 집 안이 반쯤 부서지고 해가 떠야만 끝났다. 수호를 품에 꼭 안고 있으면 따뜻한 위로가 가슴으로 번져오는 기분이 들곤 했다. 그 작은 병아리 인형이 그때만큼은 어린 은재에게 가장 거대한 수호신이었다.

우린 숨바꼭질을 하고 있는 거야, 끝날 때까지 나가면 안 돼. 은재는 수호에게 그렇게 속삭이곤 했었다.

"수호."

은재는 나지막하게 속삭였다.

"수호라고 불러주세요. 그러면 대답할게요."

남자가 어둠 속에서 고개를 끄덕인 것 같았다.

"저랑 있으니 괜찮을 거예요."

은재도 있는 힘껏 고개를 끄덕였다. 그때 무시무시할 정도로 무거운 적막이 쿵, 하고 내려앉았다. 분위기가 달라졌다. 은재는 숨도 제

대로 쉬지 못하고 몸을 웅크렸다. 이상한 기분이 들었다. 여기는 더
는 은재의 집이 아니었다. 여기는…… 폐가에 있던 장롱 안이었다.
무언가 타들어가는 듯한 악취가 코를 찔렀다. 누군가가 문을 있는
힘껏 두드리는 소리가 들렸다.

"경찰입니다!"

잠깐이지만 무의식적으로 몸이 움찔했다. 은재는 남자에게 바짝
붙어 그의 존재를 의식하려고 애썼다. 정신을 똑바로 차려야 했다.
이어 요란하게 문을 박차고 들어오는 소리가 들렸다. 장롱 밖에서
누군가가 왔다 갔다 걸어 다니는 소리가 들렸다. 그건 장롱 주위를
빙빙 맴돌고 있었다. 다리가 여섯 개 정도 되는 듯 낯선 발소리가 은
재의 신경을 긁었다.

"오기 전에 다 먹어치웠어. 오기 전에 다 먹어치웠어."

남자와 여자의 목소리가 뒤섞인 듯한 웃음소리가 들렸다. 그것이
염불을 외듯 같은 말을 소름 끼치게 중얼거리며 장롱 주위를 맴도는
동안, 타는 냄새와 연기가 장롱 안으로 흘러들어왔다. 서서히 끓어
오르는 솥에 갇힌 것 같았다. 열기가 장롱 안을 채우자 두려움이 은
재의 목을 졸랐다. 구역질이 나올 것만 같아 입을 틀어막았다. 당장
이라도 문을 열고 뛰쳐나가고 싶었다.

"형! 형 안에 있어요? 끝났어요?"

민하의 울먹이는 목소리가 밖에서 들렸다. 설마 민하가 들어온 건
가? 은재는 가슴이 철렁했다. 그들이 민하도 속였다면?

"형, 괜찮아요? 저 들어갈게요."

당장이라도 안 된다고 외치고 싶었다. 하지만 은재는 남자의 말을 기억하고 다시 단단히 마음을 먹었다. 무슨 일이 있어도 대답하면 안 된다.

"어딨어요, 형?"

민하의 목소리가 가까이 다가왔다. 꾹 참고 아무 대답도 하지 않았다. 그러자 순간 찢어질 듯한 민하의 비명이 들렸다. 퍽, 퍽, 하고 둔탁하게 내리치는 소리와 함께 고통에 가득 찬 신음이 장롱 코앞에서 들렸다. 심장이 미친 듯이 뛰며 손과 발이 통제를 벗어날 정도로 덜덜 떨리기 시작했다.

그때도 이랬다.

어린 은재는 돈을 받으러 온 남자들이 차에서 내려 집 쪽으로 걸어오는 걸 봤다. 한바탕 소란을 예상한 은재는 수호를 안고 조용히 장롱으로 숨었다. 그날따라 뭔가 느낌이 안 좋았다. 찌릿찌릿할 정도로 불길한 기운이 작은 벌레들처럼 온몸을 기어다녔다. 그럴수록 수호를 꽉 끌어안고 장롱 안에 몸을 파묻은 채 숨을 죽였다.

평소처럼 밖이 소란스러워졌다. 남자들은 은재의 부모에게 욕설을 내뱉고 물건을 때려 부쉈다. 둔탁한 소리와 함께 들리는 고통에 가득 찬 신음과 울부짖음이 마음을 후벼팠다. 평소에도 남자들이 부모를 때리긴 했지만 이번엔 뭔가 달랐다. 그건 진짜 죽으라고 때리는 소리였다. 억, 악, 윽, 하는 짐승에 가까운 소리가 부모의 입에서 흘러나왔다. 끔찍한 소리에 정신이 아득해지며 이게 현실인지 악몽인지 헷갈리기 시작했다. 너무 무서워서 다 거짓말 같았다. 은재는 이를 악물고 귀를 막았다. 눈물이 후두둑 떨어졌다. 이제 은재가 있는 곳은 그 어린 시절의 장롱 안이었다.

"찾았다."

섬뜩한 목소리와 함께 장롱 문이 활짝 열렸다. 은재의 코앞에서 그 무시무시한 살가죽으로 만들어진 인형들이 빙글빙글 웃고 있었다. 곰 인형, 애벌레 인형, 고릴라 인형까지……. 그들은 다 같이 웃음을 와하하 터뜨렸다. 서걱서걱, 하는 가위 소리가 들리더니 날카로운 가위가 은재의 얼굴 바로 옆에 날아와 꽂혔다.

비명이 터져 나오려는 순간 부드러운 손이 은재의 눈과 입을 가렸다. 그러자 순식간에 모든 게 다시 조용해졌다.

장롱 문은 열린 게 아니었다. 열린 적도 없었다.

그때 뻣뻣하게 얼어붙은 은재의 손가락 사이로 깍지를 끼듯 차갑고 부드러운 손가락이 들어와 있는 힘껏 손을 붙잡아줬다. 걱정하지 말라는 듯. 괜찮다는 듯. 은재도 있는 힘껏 손을 맞잡았다. 지금 의지할 수 있는 건, 그 손밖에 없었다. 은재는 붕대를 둘둘 감아둔 다른 쪽 손도 뻗어 손을 같이 부여잡았다. 상처가 뜨겁게 불타오르는 것 같았다. 그렇게 고통을 버티며 얼마나 있었을까. 일순간 모든 소란스러움이 사라지고 침묵이 다시 내려앉았다.

장롱 틈으로 아침 햇살이 비치고 있었다. 드디어 해가 뜬 것이다.

"은재 씨, 이제 정말 끝났어요. 아침이에요. 안심해요."

옆에서 남자의 나지막한 목소리가 들렸다. 은재는 대답하려다가 입을 틀어막았다.

"잘 버텼어요. 나가요, 이제."

은재는 남자 쪽을 바라봤다. 어둠 속에 잠긴 형체는 보이지 않았지만, 그의 손은 여전히 은재의 손을 단단히 붙잡고 있었다. 은재도 그 손을 꼭 잡고 움직이지 않았다.

날 지켜줘, 수호야. 제발. 날 지켜줘.

눈을 꼭 감고 속으로 빌고 또 빌었다. 어렸을 때 그랬던 것처럼.

은재가 대답하지 않자 날카로운 화재 경보음이 울리면서 장롱이 미친 듯이 흔들리기 시작했다.

"널 지켜주는 건 없어. 아무도 널 지켜주지 않아."

날카로운 남자의 목소리가 은재를 파고들었다. 오장육부가 다 흔들릴 만큼 아찔한 진동에 시공간이 뒤틀리는 것 같았다. 몸과 정신이 분리되었다가 합쳐지기를 반복하는 구역질 나는 느낌이 은재를 짓눌렀다. 은재는 끝없는 어둠 속으로 떨어지듯 정신을 잃었다.

얼마나 시간이 흘렀을까. 은재는 눈을 떴다. 장롱 사이로 햇살이 비치고 있었다. 모든 게 고요했다.

"수호야."

옆에서 남자의 목소리가 들렸다. 그 목소리에 눈물이 주룩 흘렀다.

"끝인가요?"

은재가 울면서 대답했다.

"네. 뒤돌아보지 말고 바로 현관으로 나가요. 세미가 문을 열어줄 거예요. 이제 가요."

은재는 그때까지 자신이 남자의 손을 꼭 붙잡고 있었다는 사실을 깨달았다. 남자는 은재의 손을 놓아줬다. 그의 모습은 여전히 어둠 속에 잠겨 보이지 않았다. 은재는 잠시 머뭇거리다가 문을 열고 나갔다.

너무도 멀쩡해 보이는 집 안 풍경이 펼쳐졌다. 이질적으로 느껴질 정도였다. 은재는 남자의 말처럼 뒤돌아보지 않고 바로 현관으로 향했다. 그곳에는 처음 보는 소녀가 서 있었다. 소녀는 토끼 인형을 안고 있었다. 귀에 삐뚤삐뚤하게 토미라는 이름을 새겨 넣은 낡은 토끼 인형을. 세미는 슬쩍 웃더니 현관문을 열어줬다. 은재는 세미의 머리를 가볍게 쓰다듬어줬다. 그리고 눈이 부실 정도로 밝은 햇살 속으로 발을 내디뎠다.

위아래가 어딘지 알 수 없는 이상한 감각 속에서 누군가가 은재의 손을 붙잡았다. 그 손끝에서부터 서서히 현실로 감각이 돌아왔다.

정신을 차리고 보니 민하가 멍하니 서 있는 은재의 손을 붙잡고 있었다. 어딘가 다른 곳을 헤매던 은재의 시선이 서서히 돌아와 자신을 바라보자 민하는 울음을 터뜨렸다. 은재는 무너지듯 주저앉아 민하를 끌어안았다. 밤새 약속을 지키기 위해 문 앞에서 기다렸을 아이가 안쓰럽고 고마웠다. 자신이 이 아이에게 무서운 기억과 아픔으로 남지 않아서 다행이라고 생각했다.

여자는 부엌에 몸을 웅크린 채 쓰러져 있었다. 은재는 입원한 여자가 정신을 차릴 때까지 곁을 지켰다. 그사이에 경찰에게서 연락이 왔다. 솥 안에서 어린아이의 뼛조각이 발견됐다고 했다. 조사가 더 진행되면 알려주겠다며 경찰은 전화를 끊었다. 은재가 통화하는 사이 눈을 뜬 여자는 은재의 무릎을 베고 잠든 민하를 마치 꿈을 꾸는 것처럼 쳐다보고 있었다. 정확히는 민하가 꼭 껴안고 잠든, 은재가 선물한 개구리 봉제 인형을 바라보고 있었다. 민하는 그 인형에게 붙여줄 이름을 한참 고민하다 막 잠든 참이었다.

"괜찮으세요?"

은재가 묻자 여자가 천천히 입을 열었다.

"그때 집에 찾아왔다던 남자. 그건…… 사람이 아니었어요. 그러니까 조심해요."

여자는 돌처럼 얼어붙은 표정으로 은재를 뚫어지게 쳐다봤다. 은재는 소용돌이치는 마음을 애써 억누르며 얼굴이 상처투성이인 여자를 가만히 바라봤다. 지금은 그녀에게 시간이 약이 되길 바랄 뿐이었다.

여자는 떨리는 목소리로 간신히 다시 입을 뗐다. 그리고 힘주어 말했다.

"고마워요."

◇

병원에서 고된 시간을 보내고 다시 홀로 집에 돌아온 은재는 엉망진창이 되어버린 집 곳곳을 청소하기 시작했다. 은재는 장롱 옆에 떨어져 있던 곰 인형, 거실 소파 밑에 들어가 있던 애벌레 인형, 현관

쪽에 있던 고릴라 인형을 차례로 검은 봉투 안에 던져 넣었다. 봉제 인형들은 하나같이 안에 솜 대신 지저분한 쌀이 채워진 채 엉성하게 꿰매어져 있었다. 하지만 아무리 샅샅이 뒤져도 토미만큼은 끝까지 찾을 수 없었다.

'세미가 데려간 건가.'

은재는 검은 봉투의 입구를 꽉 묶었다.

이제 곧 해가 저물 시간이었다. 차를 몰아 폐가로 향했다. 그곳에서 마지막으로 인형들을 태울 생각이었다. 빛바랜 붉은색 지붕 위로 다홍색 노을이 내려앉아 한층 더 오묘한 느낌이 들었다. 내부가 비워진 집 안은 곧 찾아올 밤의 푸른빛으로 먼저 가득 차 있었다. 섬뜩하면서도 아름다운 풍경이었다. 이제는 곧 자신이 살 집이 될 테니 폐가라고 부르는 것도 그만해야 할 것 같다고 생각했다. 여전히 이 집을 둘러싸고 흉흉한 소문이 돌 테지만, 은재는 이곳에 더는 아무것도 없다는 걸 알고 있었다.

'이제는 다 철거했으니까.'

집 안으로 성큼성큼 걸어갔다. 뒤뜰에서 누군가의 기척이 들렸다. 남자가 불쑥 모습을 드러냈다. 아무렇지도 않은 듯, 처음 만났을 때처럼 태연한 표정이었다.

그 모습을 보는 순간, 반가움에 은재의 마음에 환한 불이 켜졌다. 옆집 여자가 했던 경고는 순식간에 지워졌다. 아니, 상관없었다.

"다시 못 만날까 봐 걱정했는데."

은재는 애써 태연하게 웃었다.

"돈도 안 받고 가버리시면 어쩌나 했죠. 얼마 드리면 될까요?"

"돈은 안 받아요."

"왜요?"

남자는 커다란 눈을 깜빡거리며 은재를 바라보기만 했다. 그의 시선이 은재가 들고 온 검은 봉투로 향했다.

"그거 태울 거예요? 이제는 그냥 빈 껍데기라 상관없을 텐데."

"그래도 태우려고요. 완전히 보내야죠. 그래야 다 철거한 기분이 들 것 같아요."

남자는 고개를 끄덕였다. 은재는 마당 한쪽에 불을 피우고 그 안에 인형들을 던져 넣었다. 금세 타오른 불길은 맹렬하게 봉제 인형들을 집어삼켰다.

"바느질 실력은 저에게 좀 더 배우셔야 할 것 같던데."

은재가 농담을 건넸지만 남자는 웃지 않았다. 그저 물끄러미 타오르는 불꽃을 바라보기만 했다.

"저 이제 곧 여기로 이사 올 거예요. 이곳에서 봉제 인형 고치면서 살려고요. 혹시 근처에 살면 자주 놀러 와요. 관심 있으면 인형 수리하는 것도 가르쳐줄게요. 저는 인형 수리를 하고, 그쪽은 인형 철거를 하는 거죠."

은재의 다정한 말에도 남자는 여전히 아무 대답이 없었다. 은재는 진짜 하고 싶었던 다음 말을 한참 속으로 삼켰다. 인형들이 불에 거의 다 타들어갈 때쯤 다시 입을 열었다.

"아니면…… 혹시 고칠 데 있으면 찾아와. 언제든지 고쳐줄게."

남자가 고개를 들어 은재를 빤히 바라봤다.

"처음 봤을 때 어쩐지 낯익다 했어."

다홍빛 노을이 옅어지고 짙은 남색 어둠이 주위를 서서히 뒤덮기 시작했다. 바람이 불자 불씨가 하늘 위로 불꽃놀이처럼 날아올랐다. 은재는 남자의 커다란 눈을 똑바로 응시했다.

"수호야."

은재는 나지막하게 그의 이름을 불렀다.

"수호 맞지?"

은재의 목소리 끝이 떨렸다. 하지만 눈빛은 어느 때보다 확신으로 가득 차 있었다. 그 반짝이는 빛은 은재의 눈에서 남자의 눈으로 흘러들어갔다. 그러자 처음으로, 줄곧 무표정이던 남자가, 수호가 환하게 웃었다.

"찾았다, 드디어."

은재는 감격에 차서 외쳤다. 수호는 말없이 은재를 꼭 끌어안았다. 수호의 등에서는 늘 익숙하게 만져지던 봉제선이 느껴졌다. 하지만 전혀 무섭지 않았다. 오히려 어렸을 때 수호를 품에 껴안을 때마다 느꼈던 위로가 파도처럼 몰려들더니 눈물이 되어 흘러내렸다. 긴 숨바꼭질을 이제야 끝낸 기분이 들었다.

문을 나서며, 이단에게

김규림

편집장님께.

설이 왔어요. 율을 데리고요.

평소에도 말없이 훌쩍 왔다가 슬며시 사라지는 아이라 놀랄 일은 아니었지만 이번엔 퍽 놀랐어요. 1년 만에 보는 거라. 언제 한번 들러라, 종종 메시지를 남겨도 도통 답이 없었어요. 메시지를 확인했다는 표시가 뜨면 그나마 다행이었죠. 적어도 메시지를 확인하지 못할 만큼 곤란한 상황은 아니란 뜻이니까요.

종종 그런 생각이 들었어요. 아이에게 저란 존재는 방 안의 코끼리가 아닐까. 너무 거대해서 안 볼 수 없지만 기어코 모른 척하고 싶은 그런 존재요.

설은 사춘기가 시작된 이후로 누굴 집에 데려와본 적이 없어요. 그 무렵 감추는 게 많아졌죠.

설이 고등학교 1학년이 됐을 때였을 거예요. 전 그때가 선명하게 기억나요. 봄에서 여름으로 넘어가는 계절에는 퇴근 무렵에 근사한 노을을 볼 수 있었거든요. 먼 산 뒤로 해가 저물면서 화려한 그러데이션을 펼쳐냈죠. 하루 중 제가 가장 사랑하는 순간이었어요. 무거운 발걸음을 터덜터덜 옮기며 노을을 보면 그제야 어깨에서 힘이 빠졌어요.

노을은 아름답지만 거짓말처럼 짧아요. 해가 저물고 나면 세상이 빛을 잃죠. 모든 사물이 시무룩한 얼굴로 내일을 준비하기 위해 눈을 감아요. 그날 저는 빛을 잃어가는 나무와 건물, 아스팔트 바닥과 철봉 사이로 우리 설을 봤어요. 설은 처음 보는 남자아이와 함께 놀이터 그네에 앉아 있었어요. 수줍은 미소를 띤 채로요. 남자아이 얼굴에는 붉은 노을 조각이 걸쳐져 있었어요. 마치 반딧불이들 같았죠. 어둑해진 저녁 숲에서 막 깨어나 빛의 춤을 추려 하는 어린 반딧불이들요.

두 얼굴에 깃든 노을 같은 홍조. 서로를 향해 뿜어대는 작지만 선명한 빛. 그때 처음으로 깨달았어요. 부모란 존재는 자식이 환희하는 순간에도 마음껏 기뻐할 수만은 없다는 걸. 영원히 그렇게 살리라는 걸요.

사람은 누구나 다른 누군가를 갈망하고, 사랑 속에서 희열을 느끼고, 이별하며 심장이 칼로 저며지는 고통을 배워요. 그게 마땅하고 그렇게 살아야 한다는 걸 알면서도 내 자식이 교묘한 꼬임에 넘어갈까 봐, 달콤한 말에 취해 길을 잃고 방황할까 봐 발을 동동 구르게 되죠. 왜냐하면 우리는 노을이 짧다는 걸, 노을 뒤에 오는 시무룩한 시간이 지루하게 길다는 걸 아니까요.

154

설은 멀리서 제 실루엣을 봤어요. 저는 우뚝 서서 두 사람 쪽을 보고 있었죠. 설의 얼굴에 놀란 기색이 비쳤어요. 남자아이의 눈이 설의 눈길을 따라 저를 발견했어요. 신선하고 천진한 초여름의 저녁 공기는 남자아이가 설에게 속삭이는 소리를 제 귀로 나긋하게 전달했어요.

"와, 저 뚱뚱한 여자는 누구야?"

저는 마치 무방비 상태에서 뺨을 맞은 사람처럼 화들짝 놀랐어요. 아파트 현관으로 허둥지둥 걸어갔죠. 공동현관문이 닫힐 때 뒤에서 어렴풋이 "엄마" 하고 부르는 소리를 들었던 것도 같아요. 얼마 후 귀가한 설은 말없이 제 방으로 들어가서는 문을 걸어 잠갔어요. 그리고 나오지 않았어요. 밤늦게까지 문밖으로 작게 흐느끼는 소리가 새어 나왔죠.

그래서 알았어요. 설이 나의 거대한 몸을 부끄러워한다는 걸. 제가 저 자신을 부끄럽게 여기는 것보다 더, 더 많이요. 설이 누구를 만난 건지 궁금했지만 물을 수 없었어요. 설이 내뿜는 냉랭한 적막이, 엄마는 그런 걸 궁금해할 자격이 없다고 대신 말하고 있었거든요.

제 몸은 엄청나게 커요. 한 걸음 옮길 때마다 숨이 벅차고 무릎뼈가 으스러지는 느낌이 들어요. 몇 걸음 걷지 않아도 이마에서 땀이 줄줄 흐르죠. 제대로 된 옷을 사기도 힘들어요. 길에서 만난 꼬마들은 나에게서 눈을 떼지 못해요. 큰 소리로 "저 사람, 코끼리 같아!" 하고 소리치곤 했어요. 설은 그런 반응과 맞닥뜨릴 때마다 마치 불에

덴 듯이 아파했어요. 저보다 더요. 설에게는 나라는 존재 자체가 상처였죠.

그래서 율을 데리고 나타났을 때, 그리고 설의 얼굴에서 어릴 적 봤던 그 미소를, 노을 같은 홍조를 봤을 때 많이 놀랐어요. 제 엄마를 보여줄 용기가 어디서 나왔을까. 무엇이 설의 마음을 돌려놓은 걸까.

율은 검은색 단발머리에 투명한 피부를 가지고 있었어요. 키는 설만 했고 쌍꺼풀 없는 커다란 눈에 청초한 인상이었어요. 율은 저와 눈이 마주치자 빙긋 미소를 지었어요. 너무 놀라 멍하니 서 있는데 율이 먼저 손을 내밀었어요.

"어, 어서 와요."

엉겁결에 율의 손을 잡았어요. 하얗고 가는 손에서 따스한 온기가 전해졌어요. 무언가 미묘하게 어긋난 기분이 들었어요. 에어택시를 탔을 때처럼 공중으로 붕 떠오른 순간의 느낌이랄까요. 지나치게 자연스럽고 매끈해서 외려 부자연스러운 그런 거요.

"율이 엄마를 만나고 싶다고 해서 데려왔어."

"안녕하세요, 어머님."

인간의 성대를 거치지 않은 율의 매끈한 목소리를 듣고서야 알 수 있었어요. 율은 안드로이드였어요. 광고에 나오던, 인간 형상을 고스란히 재현한 인공지능 안드로이드요. 나온 지 불과 5년밖에 되지 않았는데 사람과 구분할 수 없을 정도가 되었다니. 나도 모르게 이 말이 튀어나왔어요.

"너는 사람이 아니구나."

설의 얼굴이 딱딱하게 굳었어요.

"엄마, 율한테 그렇게 말하지 마."

저는 당황했죠. 내가 대체 무슨 말을 했다고?

설은 율을 충전해야 한다며 안방으로 데려갔어요. 율을 콘센트가 있는 화장대에 앉혀놓고 허리춤에 라인을 연결했어요. 율은 미동도 하지 않고 잠자코 충전을 시작했죠. 설이 안방 문을 닫고 나왔어요.

"무슨 돈이 있어서 저런 걸 샀니?"

"렌트야. 24개월. 요즘 게임 캐릭터 구축하는 알바를 하고 있어. 나 돈 꽤 잘 벌어. 엄마는 못 믿겠지만."

저는 닫힌 문을 바라보며 식탁 의자에 주춤주춤 앉았어요.

"저게 날 만나고 싶어 했다고? 왜?"

설은 인상을 찌푸렸어요.

"자꾸 '이거, 저거' 하지 마. 내가 좋아하는 사람이니까. 렌트 기간 끝나면 돈 보태서 구매할 거야."

기가 찼어요. 1년 만에 찾아와서 그런 얘기나 늘어놓다니.

설은 어릴 때부터 상상력이 풍부해서 이야기를 잘 지어냈어요. 그 래서 기계를 좋아할 수 있는 걸까요?

저는 설도 저 같은 스토리메이커가 될 거라고 생각했어요. 책을 읽는 사람이 사라진 세상이라도 이야기는 필요하니까요. 그렇지만 설은 그 길로 가지 않았어요. 게임에 빠지더니 게임 시나리오를 쓰기 시작했고, 어느 날부터인가 캐릭터 설계를 하기 시작했어요. 뇌를 스캔해서 설이 머릿속으로 그린 이미지를 3D로 구축한다고 하더군요. 편집장님도 아시겠지만 이야기를 지어낼 수 있는 사람들은 그런 작업에 유리해요. 직업이나 성격, 사소한 습관 같은 디테일한 부분을 상상해서 캐릭터에 반영하는 게 익숙하니까요.

전기레인지 위에 올려놓은 냄비의 뚜껑이 달그락거렸어요. 저녁으로 먹으려고 데우던 거예요. 설은 의자 등받이에 몸을 기댄 채 차가운 얼굴로 냄비를 쳐다봤어요.

"밥 먹고 가라."

저는 전기레인지로 향했어요. 오랜만에 온 딸에게 입을 열 때마다 실수만 한 것 같아서 마음이 다급했어요. 삐죽한 마음은 어쩔 수 없나 봐요. 스물다섯이면 다양한 사람도 만나고 경험도 많이 해볼 나이인데 기계와 그러고 있는 게 한심했어요. 요즘 아이들이 대부분 그렇다는 걸 알면서도요.

"근데, 안드로이드도 널 좋아하니?"

"응."

"그걸 어떻게 알아? 안드로이드는 마음이 없잖아."

설은 제가 시비를 건다고 생각했는지 짜증스러운 표정을 지으며 말했어요.

"엄마는 스토리메이커면서 왜 그렇게 세상 물정에 어두워? 요즘 어디 가서 그런 소리 하면 엄마나 엄마 이야기나 사회에서 매장될 거야. AI 인격 존중, 몰라?"

요즘 젊은 애들은 AI에게도 인격이 있다고 주장해요. AI는 사리 분별을 할 수 있고, 모멸과 증오의 말을 알아들으니 한 인격체로서 존중해야 한다고요.

좀 의아했어요. 무엇이 사회적으로 존중받지 못하고 있다고 대신해서 주장할 땐, 의견을 피력하기 힘든 사회적 약자나 소수자라는 전제가 있는 건데, AI가 과연 사회적 약자일까요? 도구로 태어난 존재들에게 왜 인간과 같은 지위를 주려는 걸까요. 그것이 인간의 마음을 흉내 내 반응할 수 있다고 해서?

"원래 여자를 좋아했니, 너?"

"율은 여자도 남자도 아니야."

"남자도 여자도 아니라면 대체 뭐란 말이야?"

설이 나를 노려보며 입에 검지를 세웠어요.

"제발, 엄마. 성별이라는 건 자연에만 존재하는 거야. 생식하고 번식하기 위해서. 그걸 우리 좋자고 안드로이드에도 적용하는 건 진짜 웃기는 일이야. 율은 율 그 자체야."

자식은 왜 그렇게 먼 존재일까요. 왜 다른 사람, 아니 사람도 아닌 것을 위해서 자기 엄마에게 각을 세울까요.

"왜 그러고 사니?"

알아요. 그 말만은 참았어야 했는데. 1년 만에 찾아온 애한테, 그러지 말았어야 하는데. 설은 분에 찬 얼굴로 눈시울이 붉어지더니 눈물을 흘리기 시작했어요.

"엄마야말로 여전하네. 엄마는 내 흠집만 보이지?"

설이 안방으로 가서 율의 충전선을 거칠게 잡아 뽑더니 밖으로 손을 잡아끌었어요.

"어디 가?"

율이 설에게 물었어요. 설은 눈물범벅이 된 얼굴로 고개를 저었어요. 둘이 현관으로 사라진 뒤 얼마 지나지 않아 다시 문이 거칠게 열렸어요.

"이제 제발, 이 집 밖으로 좀 나가! 세상이 어떻게 바뀌었는지 궁금하지도 않아? 낡아빠져서 개발도 안 되는 이 아파트나 엄마나 똑같아. 평생 그러고 살아."

설은 악에 받쳐 소리를 질러댄 뒤 사라졌어요. 태풍이 쓸고 간 뒤 찾아온 적막 사이로 냄비에서 칙칙대는 소리가 들렸어요.

저는 멀거니 닫힌 현관문을 바라보고 섰다가 베란다로 걸어갔어요. 천장까지 쌓여 있는 잡동사니들 틈새로 아파트 입구가 내려다보였어요. 얼마 안 돼 설이 율의 손을 잡고 잰걸음으로 빠져나가는 모습이 보였어요. 둘의 모습이 완전히 사라지고 나서야 깨달았어요. 지금이 완연한 봄이라는 걸. 벚꽃나무에 분홍빛 꽃이 잔뜩 펴 있었죠.

설의 말이 맞아요. 저는 이 아파트처럼 개발도 할 수 없는 몸으로 낡아 스러질 날만 기다리고 있어요. 겨울이 간 것도, 봄이 온 것도 모른 채 어두컴컴한 방에 틀어박혀서요. 갑자기 감정이 복받쳐 올랐어요.

모두 못난 제 잘못이에요. 잔잔한 빛을 뿜어내던 반딧불이를, 그렇게 보고 싶던 반딧불이를 제 손으로 쫓아버렸네요. 편집장님. 오늘은 마음이 슬퍼서 이만 줄여요.

◇

편집장님.

답장 잘 받았어요. 어른이 된 자식의 삶에서 서둘러 제 감정을 도려내야 한다는 말, 정말 맞아요. 제대로 엄마 노릇을 못 했다고 생각해서일까요? 미안함과 참견하고 싶은 마음이 아직도 있어요.

저도 평범했던 시절이 있었어요. 설을 낳고 나잇살이 찌긴 했지만 언제든 뺄 수 있는 정도였어요. 이렇게 된 건 설의 아빠가 세상을 떠난 뒤였어요.

설이 다섯 살 때였나, 30세 이상이면 의무적으로 유전자 검사를 받게 되었죠. 입안에서 채취한 상피세포로 발병 가능한 질환을 분석해주는 검사였어요. 결과는 의외였죠. 남편은 폐암, 저는 고도비만 가능성이 90퍼센트 이상 나왔어요. 우리 둘 다 코웃음을 쳤어요. 남편은 담배를 피우지도, 호흡기에 열악한 환경에서 일하지도 않았으니까요. 저도 평범한 편이었어요. 비만의 징후라곤 없었죠.

그게 기술의 저주였을까요? 설이 열 살이 되었을 때 남편이 폐암 확진을 받았어요. 그러고는 7개월 만에 세상을 떠났죠.

슬픔과 좌절이 밀물처럼 제 안으로 밀려들어 왔어요. 그때 심한 우울증을 앓았어요. 내내 방에 처박혀 약에 취한 채 침대에 누워 있었어요. 친정엄마가 종종 들러 아이를 돌봐주고 살림을 대신 살았죠. 아이가 언제 초등학교를 졸업해 중학교에 입학했는지, 학교에서 친구들과 잘 지내는지, 뭘 좋아하고 싫어하는지, 아무것도 기억나지 않아요.

잠을 자지 않을 때는 눈뜬장님처럼 멍하니 넋을 놓고 있었죠. 허기를 느끼지 않는데도 입에 뭔가를 쑤셔 넣었어요. 폭식을 하고 나면 잠이 쏟아졌고, 약을 먹으면 모든 게 귀찮았어요. 몇 년을 그렇게 보냈어요. 그러던 어느 날인가 인기척에 눈을 뜨니 방문 앞에 누가 서 있는 게 보였죠. 핑크색 플레어스커트를 입은 여자아이였어요. 화려한 귀걸이와 목걸이를 치렁치렁 걸치고 있었죠. 아이 뒤로 해가 들어 훤한 거실이 보였어요. 제 방은 어두웠지만 그 아이의 얼굴은 또렷이 보였죠. 저를 바라보는 눈에 원망이 가득했어요. 긴 시간 잠겨 있던 목에서 기침처럼 메마른 소리가 새어 나왔어요.

"누구세요?"

말이 떨어지자마자 아이는 거실을 가로질러 현관으로 뛰어나갔어요. 한참 후에야 알게 됐어요. 그 아이가 설이라는 걸요. 전 설조차도 알아보지 못한 거예요. 아니, 뇌가 너무나도 느리게 작동했던 거죠. 정신이 번쩍 들었어요. 무거운 몸을 이끌고 욕실로 가 거울 앞에 섰어요. 그리고 처음으로 직면했죠. 거울 속 거대한 자신을요. 그날은 모든 게 또렷해요. 제 삶이 처음부터 다시 시작된 날이었죠.

가끔 그때를 떠올리면 모든 게 정해져 있다는 생각이 들어요. 신이 인간을 만들어 세상에 보낼 때 병을 몸속 깊숙이, 보이지 않는 세포 사이에 꼭꼭 숨겨두는구나. 인간은 신의 계획을 미리 발견하는 능력을 갖게 됐지만 결국에 막을 수 있는 일이란 없구나. 모든 일은 어떤 식으로든 일어나는구나.

정신을 차린 후 다시 회사에 다니며 일을 했어요. 설을 위해 모든 의지를 끌어 올렸어요. 전부 쉽지 않았죠. 그런데 그 초여름 저녁, 설과 함께 있던 남자아이가 한 말을 들은 후로, 아니 설이 나를 부끄러워한다는 걸 알게 된 후로 내 안에 아슬아슬 버티고 서 있던 무언가가 와르르 무너져 내렸어요. 그러고는 집 밖을 나설 수 없게 되었죠. 문 밖을 나서려고 하면 눈앞이 새하얘지고 다리가 풀렸어요. 그래도 스토리텔링 작업은 집에서도 할 수 있으니 먹고살 수는 있었어요. 약도 온라인으로 상담하고 배달받았어요. 택배가 모든 걸 해결해줬어요.

설은 집에 틀어박힌 저를 지긋지긋해했어요. 문밖으로 끌고 나가려 몇 번이나 시도했죠. 저도 문을 여는 것까진 시도했어요. 그렇지만 문 앞에서 주저앉길 반복했죠. 설은 그때마다 발작하듯 소리를 지르며 울었어요. 설이 가여웠어요. 맞아요. 가장 가여운 건 그 아이죠.

그 후로 오래, 저는 이 모양으로 살고 있어요.

◇

편집장님.

율이 혼자서 다녀갔어요. 호스트와 6개월 이상 지낸 안드로이드는 호스트가 허가하면 외부 이동이 가능하대요. 율이 외출을 허가받고 처음으로 온 곳이 우리 집이었던 거예요.

사실 인터폰이 울렸을 때 화면으로 방문객을 확인하곤 아무도 없는 척 숨죽이고 있었어요. 처음 보는 남자가 서 있었거든요. 커다란 키에, 우락부락한 근육질 몸에, 언뜻 보이는 어깨와 팔에는 화려한 문신이 가득했죠. 무서웠어요. 숨을 죽이고 화면을 노려보는데 남자가 입을 열었어요.

"어머니, 율이에요. 문 좀 열어주세요."

외양과는 너무도 다른 가냘픈 여자 목소리가 흘러나왔어요. 버튼을 눌러 문을 열었죠.

"어떻게 된 거니?"

"제 형상은 20시간이면 다른 모습으로 바꿀 수 있어요."

율은 일전에 설이 앉았던 식탁 의자에 조심스레 앉았어요. 험상궂은 얼굴에 환한 미소를 띤 채로요. 이 불협화음이 제 마음을 저릿하게 만든 건 왜였을까요.

"설이 네가 이런 모습이 되길 바란 거니?"

"설은 저를 자주 바꿔요. 작업할 때 캐릭터가 더 생동감 있게 구현되길 원하거든요. 저는 설의 상상을 고스란히 재현할 수 있고요."

AI 인격이니 뭐니 하더니 기가 찼어요.

"설은 대체 너의 어떤 점을 사랑하는 거니? 사랑한다면서 모습을 마음대로 바꾸다니."

그러자 율이 희미한 미소를 지으며 말했어요.

"제가 생각하기에 설은 사랑하는 것을 바꾸고 싶어 하는 것 같은데요? 설은 제가 자신이 상상한 모습으로 바뀔 때마다 엄청나게 즐거워해요. 그래서 어머니도 바뀌길 바라는 것 아닐까요?"

저는 율의 말을 가만히 듣고 있다가 고개를 떨궜어요. 어쩌면, 그 런지도. 그런 직업을 갖게 된 것도 저 때문이 아닐까 생각했죠. 옹벽처럼 바뀌지 않는 사람과 지낸 시간이 그 아이에게 어떤 욕망을 심었는지도 모르겠다고요.

"그렇지만 율아, 사람은 누군가 자신을 바꾸려드는 걸 못 견뎌 한단다. 스스로 변하는 것도 굉장히 어려운 일이거든. 변화라는 건 관성을 거스르는 일이니까. 어떤 방향을 향해 빠른 속도로 달리던 사람이 방향을 바꿔야 하는 일이야. 그런데 멈추기가 어렵거든. 발목을 꺾어 방향을 틀어야 할 만큼 누군가에겐 고통스러운 일이지. 하물며 다른 사람이 내 발목을 꺾는다면……"

한참 주절거리다 율의 멀건 시선을 느꼈어요.

"너는…… 이해하지 못하겠지?"

낯선 율의 얼굴에 진지한 표정이 떠올랐어요.

"완벽히 이해한다고 말할 순 없어요. 그렇지만 기억해둘게요."

로봇이지만 내 말에 귀 기울여주는 게 고마웠어요. 사람들도 이렇게 사려 깊다면.

"나도 너처럼 20시간이 지난 후엔 다른 모습으로 바뀌어 있다면 좋겠구나."

"저는 어머니의 지금 모습이 마음에 들어요. 누구도 바꿀 수 없어서 다행이에요."

얼떨떨했어요. 누구도, 나 자신조차도 나를 바꿀 수 없다는 게 다행인 걸까요. 어쩌면 저는 율에게 꼭 맞지 않은 정보를 준 게 아닐까요.

율은 그동안 설과 어떻게 지내왔는지 조곤조곤 이야기를 풀어놨어요. 설은 돈만 모이면 낯선 도시로 떠나 한동안 머물다 왔다고 해요. 일이 들어오면 일을 하고, 일이 없을 땐 떠돌이 개처럼 여러 도시를 쏘다녔어요. 돈이 떨어지면 버려진 건물에 숨어 노숙도 하면서요.

한번은 지역 대부분이 바닷물에 잠긴 도시에 간 적이 있대요. 가뜩이나 해수면이 제방 높이까지 차 있었는데 하필 폭우가 내려 파도가 훌쩍 제방을 넘은 거죠. 큰 파도가 이어지자 마을에는 물이 들어찼어요. 순식간에 집들이 잠겼죠. 비는 엿새 후 멈췄지만 마을은 더이상 살 수 없는 곳이 되었어요.

설과 율이 그곳을 찾은 건 폭우가 멈추고 며칠 뒤였어요. 둘은 작은 배를 타고 살아남은 동물들을 구조했어요. 고지대에 올라 겨우목숨을 부지한 비쩍 마른 개들을 먹이로 유인해서 배에 싣고, 물이차오르기 직전인 건물의 지붕 틈새를 살펴 그 사이에 숨어든 고양이를 찾아냈어요. 설은 물이 범람한 건물 안에서 혼자 울고 있는 갈색고양이를 구하려다 천장이 무너지는 바람에 물에 빠지기도 했어요. 다행히 율이 설의 손을 단단히 잡아 올려 무사했지만 고양이는 구하지 못했어요.

곳곳에는 물에 빠져 죽은 동물들의 사체가 썩어가고 있었어요. 낙후한 마을이라 마당 구석에서 개를 묶어 키우던 집들이 많았죠. 사체 대부분은 주인이 목줄을 풀어주지 않고 떠나 피할 수 없던 개들이었어요. 설은 그런 사체들을 보면 대형 절단기로 목줄을 끊어버렸어요. 이미 죽은 개들의 목줄을요. 목줄에 걸린 채 썩어가던 개들의 몸이 캄캄한 물속으로 가라앉으면 설은 눈물을 흘리며 어떤 말을 중얼거렸대요.

율의 이야기 속 설을 상상하기 위해 애썼어요. 낯설었거든요. 내가 전혀 모르는 모습이었어요.

"율아, 왜 나를 만나고 싶었니?"

"어머니를 만나면 설에 대해 더 잘 알게 될 것 같았어요. 설이 그동안 어머니에 대해 종종 얘기했거든요."

무슨 얘기일지 궁금했지만 묻지 않았어요. 어떤 짐작은 짐작으로 내버려두는 게 낫기도 한 법이니까요. 나쁜 짐작일수록 그래요.

율은 제가 일하는 모습을 한 시간 정도 지켜보다가 설에게 돌아갔어요. 율이 앉았던 자리를 가만히 바라봤어요. 이상하게도 그 자리가 온순하게 느껴졌어요. 문득 죽은 개들의 목줄을 끊으며 설이 뭐라고 말했을지 궁금해졌어요. 그렇게 죽어서 안됐다고 위로했을까요? 아니면 돌아오지 않은 주인을 대신해 사과했을까요?

P. S. 메일 서명에 적힌 Eden은 편집장님의 이름인가요? 아니면 닉네임인가요? 성경의 그 에덴일까요?

◇

이단 편집장님께.

(이든도, 에덴도 아니고 이단이라니. 단아한 이름이네요.)

지난번 답장을 받고 마음이 포근했어요. 율의 얘기를 들으니 설이 따뜻한 마음을 지니고 있을 것 같다는 말. 맞아요, 설은 좋은 아이예요. 좋은 부모를 만나지 못했을 뿐이죠.

어제 시사 토론 쇼를 봤어요. 'AI 인격, 어디까지 인정할 것인가'라는 주제였어요. 일부러 찾아본 건 얼굴을 본 적은 없지만 저와 오랫동안 알아온 박해솔 작가가 출연한다고 메일을 보내왔기 때문이에요. 놀랍게도 박 작가는 AI 인격을 전적으로 인정해야 한다는 의견이더군요. 이런 대화를 나눴어요.

상대 패널 : AI는 프로그램입니다. AI가 하는 말과 행동은 인간의 무조건반사 같은 겁니다. 무릎을 치면 정강이가 툭 튀어 나가는 것처럼 데이터가 입력되면 튀어나오는 반응이에요. 그게 바로 고도로 학습된 머신러닝의 결과죠. 고민의 결과가 아니라 알고리즘의 결괏값일 뿐인데 존중하다니요. 그게 필요한가요?

박　작가 : AI의 판단 속도가 빨라서 그렇게 보일 뿐, AI 역시 인간의 뇌와 유사한 인공신경을 통해 사고하고 판단합니다. 여기에는 사회 통념과 도덕, 윤리 등 인간이 중요시 여기는 판단 기준이 포함돼요. 그런 반응이 무조건반사 같은 거라고요? 그렇다면 소아성애자는요? 연쇄살인을 일으킨 사이코패스는요? 그런 사람이야말로 AI 인격보다 더 아래에 있는 존재가 아닐까요? 그런 인간도 인권을 존중해야 한다고 여기는 것이 이 사회라면, 인간이 정한 윤리의 범주 안에서 사회 질서를 지키는 AI에게 조금의 존중이라도 보이자는 주장이 왜 문제일까요?

상대 패널 : 다른 관점에서 보죠. AI 인격을 인정해야 할 만큼 AI가 자기 자신에게 애착을 가지고 있을까요? 인간은 자기 자신과 삶에 대한 애착이 있습니다. 존중받고 싶어 하는 열망이 있지요. 그런데 AI도 그럴까요? 적어도 제가 아는 AI들은 그런 주제넘은 요구를 한 적이 없습니다. AI들이 자신의 인격을 인정해달라고 요구한 적도 없는데, 인간이 먼저 나서서 AI를 존중하는 태도를 보여야 한다는 게 어떻게 말이 되나요? 그건 단순히 인간이 그것들이 받는 처우를 못 견뎌 하는 겁니다. '청소 로봇 폭행한 십대들' 영상 보셨나요? 청소년들이 도로를 청소하던 서비스 로봇을 발로 걷어차서 넘어뜨리고 조롱한 영상이 커뮤니티에 퍼졌었죠. 키가 1미터도 안 되는 그 작은 로봇을 괴롭혔다고 학교에서 처벌해야 한다는 둥, 사이코패스라는 둥, 사과하라는 둥, 댓글 창이 난리도 아니었죠. 정작 그 로봇은요? 상처받고 고통스러워했나요? 누군가 일으켜 세웠더니 아무렇지 않게 제 갈 길 갑디다. AI는 인간의 사고체계를 흉내 낸 프로그램에 불과합니다. 그런데도 사람들은 지나치게 의미를 부여하고 있어요. 하여간 한국 사람들은 정이 너무 많아요. 작가님도 봐요. 스토리메이커라는 것도 상상력이나 감수성이 풍부할 수밖에 없는 직업이죠. 안 그렇습니까, 작가님?

박 작가는 담담한 표정이었어요. 저는 그의 표정에서 묘한 기시감을 느꼈어요. 사회자가 토론 말미에 말했어요. 이번 토론은 인간과 AI의 첫 토론이었다고요. 박 작가는 AI 최초로 자신의 존엄을 주장한 사례가 되었다는군요. 그제야 알았어요. 박 작가의 얼굴에서 느낀 기시감은 율에게서 느꼈던 그 담담함이었어요.

저는 스크린을 끄고 침대에 누웠어요. 그동안 박 작가와 메일로 나눴던 많은 대화들이 떠올랐어요. 그는 셰익스피어 작품에 대한 경외심 가득한 감상문을 저에게 보내곤 했어요. 매번 식지 않는 열정에 감탄하곤 했죠. 한순간도 박 작가가 AI일 거라 의심해본 적이 없어요. 그런데 그게 모두 계산된 행동이었을까요? AI들에겐 자신을 인간이라 착각하는 인간을 관찰하는 게 일종의 유희 같은 걸까요?

비공개로 활동하는 작가 중에 AI가 많다는 건 저도 잘 알고 있었지만, 그와 가깝다고 생각했던 터라 더 충격이었던 것 같아요. 일종의 배신감을 느낀 거죠.

박 작가를 이제 어떻게 대해야 좋을지 고민스러운 밤이네요. 박 작가의 호스트는 무슨 생각으로 그런 토론에 내보낸 걸까요.

◇

이단.

이제 이단이라고 불러도 되겠죠?

당신이 갑자기 찾아온다고 연락해 왔을 때 너무나도 놀랐어요. 메일을 보낸 지 고작 1분이 지난 후였으니까요. 혹시 메일에 실례될 만한 내용을 쓴 걸까, 아니면 박해솔 작가가 AI라는 걸 이단 당신은 알았던 게 아닐까? 그것도 아니면, 험담이나 늘어놓는 메일은 그만 보내라고 정중히 부탁하러 오는 걸까? 마음이 초조하고 불안했어요. 당신에게 저를 보여주는 게 부끄럽고 두려웠어요. 저는 당신에게 호감을 가지고 있었거든요.

당신은 유능한 편집자였어요. 제가 오랫동안 구축한 세계관에서 미세하지만 중요한 오류들을 정확하게 짚어내고 예의 바르게 수정을 제안했죠.

"작가님, 이 부분 살펴봐주시겠어요?"

우리는 3년 동안 장편 스토리를 세 개나 완성했어요. 작업할 때마다 잊었던 감정이 내 안에 돌아나는 걸 느꼈어요. 당신의 새 메일이 들어와 있길, 안부 인사가 전과는 달라졌길, 내가 썼던 얄팍한 농담에 당신이 더 나은 농담으로 응수해 오길, 메일을 기다리는 동안 내 안에 많은 감정이 꽃잎처럼 쌓여갔죠. 콜포비아가 있지만 당신의 연락만큼은 간절히 기다렸어요. 메일보다 더요. 당신의 목소리를 듣는 게 좋았거든요.

마감이 다가올 때마다 홀가분함보다 슬픔을 곱씹어야 했어요. 당신과의 연락이 이렇게 또 끝나겠구나, 당신은 당신의 자리로 돌아가 다시 나를 수많은 작가 중 하나로 기억하겠구나. 이 나이에도, 이렇게 처박혀 사는 주제에도 누군가를 좋아할 수 있다는 게 부끄러웠어요. 그렇지만 당신의 눈에는 보이지 않을 테니 그래도 된다고 여겼어요.

그래서 그날 당신에게 오지 말라고 말하지 못했어요. 저는 당신에게 스스로 갈 수 없으니까, 어쩌면 직접 보는 건 이번이 처음이자 마지막일 거라 생각했죠.

그렇지만 두려웠어요. 당신의 얼굴에 놀라는 기색이 조금이라도 비친다면, 저는 지난 10년이 무색하게 앞으로 다시 10년을, 아니 이 집이 제 무덤이 될 때까지 문을 나서지 못하리라는 걸 알았거든요.

당신은 이틀 후 오기로 했어요. 그 이틀 내내 집을 청소했어요. 베란다 창을 막고 있던 박스와 잡동사니를 처리했죠. 값을 치르고 부른 쓰레기 수거 로봇이 열 번도 넘게 집과 수거장을 오가며 물건들을 가져갔어요. 창을 가리던 물건들이 사라지자 몇 년 만에 거실에 빛이 들어왔어요. 발 디딜 틈 없던 베란다에 낡은 타일 바닥이 드러났죠. 세상과 나 사이에 놓여 있던 한 겹의 벽이 사라지자 더럭 겁이 났어요. 불안함에 심장이 두근거렸죠. 그때 빛줄기 속에서 부유하는 먼지들이 보였어요. 느리고 한가롭게 추락하고 있었죠. 그 모습을 멍하게 보고 있으니 마음이 조금 차분해졌어요. 이 공간은 비어 있지 않아, 그런 엉뚱한 생각이 들었죠.

당일엔 정성 들여 몸을 씻고 단장했어요. 그리고 그날 오후 2시, 당신이, 아니 당신들이 찾아왔어요.

그날이 저에겐 깊은 상처로 남았어요.

인터폰이 울리고 작은 화면에 여자와 남자가 보였어요. 여자는 오래전 저와 작업한 적 있는 '영광스튜디오'의 정찬희 편집장이었어요. 의아한 마음으로 문을 열었어요.

"작가님. 정말 오랜만이에요!"

정찬희 편집장이 성큼성큼 들어서며 인사했어요. 작지만 단단한 체구에 핑크색 머리. 사십대임에도 늘 라이더 같은 복장을 하고 있어서 결코 잊기 힘든 인상이죠. 그녀를 보자마자 마음이 불편해졌어요. 정 편집장은 감정을 숨길 줄 모르는 사람이거든요. 같이 일할 때 글이 마음에 안 들면 다짜고짜 저희 집으로 찾아오고, 제 글에 대해 거침없이 말하곤 했어요. 그럴 때마다 괴로웠어요. 당신을 만나 작업하면서는 마음이 훨씬 안정돼서 이야기도 잘 쓸 수 있었죠.

"이단이 작가님과 만나겠다고 해서 따라왔어요."

저의 예상과 달리 당신은 젊고 아름다웠어요. 회색 머리는 새치가 아니라 멋을 부리기 위해 일부러 염색한 것 같았죠. 귀에는 총천연색 귀걸이와 피어싱이 잔뜩 달려 있었고요. 많아야 이십대 후반? 록 음악에 몸을 흔들고 있어야 할 것 같은 청년이 마치 면접장에 끌려 나온 것처럼 어울리지 않는 회색 정장을 입고 있더군요. 그동안 당신을 저와 비슷한 중년일 거라 생각했던 게 의아했어요. 당신과 정 편집장이 연인 사이가 아닐까 생각했어요. 잘 어울렸으니까요. 적당한 말인지 모르겠지만 질투와 수치심을 동시에 느꼈어요.

그때 당신이 제게 손을 내밀었어요. 쭈뼛대며 당신의 손을 잡았어요. 당신의 길고 가느다란 손이 제 두툼하고 주름진 손을 감쌌어요.

따뜻한 온기가 전해져 왔죠. 바로 알았어요. 당신이 박해솔 작가나 율과 같은 존재라는 걸. 당신의 목에서 익숙한 목소리가 흘러나왔어요.

"작가님, 뵙고 싶었습니다."

나이 든 목소리와 달리 화려한 당신의 얼굴과 못마땅한 표정을 짓고 있는 정 편집장과 연신 땀을 흘리며 당황한 채 서 있는 나까지. 이 모든 게 비명 같은 불협화음을 자아내고 있었어요.

정 편집장이 자초지종을 설명했어요. 이 안드로이드는 사실 이단 당신의 몸체가 아니라고요. 자신의 애인 로봇의 몸체인데 당신의 의식을 탑재한 거라고요. 당신의 스튜디오는 사실 정 편집장이 운영하는 스튜디오 중 한 레이블이었던 거예요. 상대하기 까다로운 작가들을 응대하려고 AI 편집장을 개발한 거고요.

"왜 이단이 인공지능이라고 얘기하지 않았어요?"

저는 당신이 아니라 정 편집장에게 물었어요. 충격에 목소리가 떨리고 갈라졌어요. 그녀는 웃으며 안쓰럽다는 듯 말했어요.

"그랬다면 작가님들은 이단에게 마음을 열지 않았을 거예요. 이단이 해주는 조언을 지금처럼 신뢰하지도 않았을 거고요. 이단이 연륜 있는 편집자라고 생각하니까 지금껏 믿고 일을 맡기신 거죠."

얼굴이 달아올랐어요. 그러면 정 편집장도 제가 보낸 메일들을 읽었을까요? 제가 당신에게 느낀 감정을 눈치챘을까요?

"메일로 말씀드릴 수도 있었는데 굳이 이렇게 온 건 이단이 간곡히 부탁해서예요. 작가님을 직접 만나고 싶다고 했어요. 그래서 저도 어쩔 수 없이 제 애인 몸에 이단을 심을 수밖에 없었고요. 놀라셨다면 죄송해요. 그래도 이단은 이단이에요, 작가님."

어디선가 들어본 말이었어요. "율은 율 그 자체야." 몇 달 전 다녀간 제 딸이 했던 말이죠. 어안이 벙벙해져 있는데, 당신이 말했어요.

"박해솔 작가에 대한 메일을 받고, 작가님께 제가 AI라는 걸 직접 말씀드리려고 찾아왔어요. 너무 늦은 고백이라 작가님에게 '존중'받지 못할 수도 있다는 생각이 들었습니다. 무척 실망하셨을 테고요. 제가 내린 모든 판단은 작가님과 저의 관계를 장기적으로 유지하는 데 맞춰져 있습니다. 저는 작가님의 이야기를 좋아합니다. 따뜻한 감정으로 가득한 세계죠. 그리고 작가님을 좋아합니다. 부디 노여워하지 않으시길 빌 뿐입니다."

순간 심장이 미친 듯이 뛰었어요. 정 편집장도 의아한 눈으로 당신을 쳐다봤어요. 당신은 그 후로 아무 말도 하지 않았어요. 마치 저의 처분을 기다리는 것처럼요.

이건 잔인한 꿈이었어요. 애당초 저 같은 사람이 누굴 좋아한다는 게 말도 안 되는 일이었어요. 벌을 받은 게 아닐까요? 네 주제를 알아라, 신이 또 장난을 친 거죠. 제 마음에 간절함을 심어놓고 끝없이 추락하도록 말이에요.

당신들이 떠나고 저는 반나절을 기절하듯 잤어요. 깨어났을 땐 이미 한밤중이었죠. 몸이 두들겨 맞은 것처럼 욱신거렸어요. 약을 찾기 위해 거실로 나갔는데 베란다 창밖으로 작은 불빛들이 보였어요. 건너편 아파트에 불 켜진 집들이 있었어요. 저는 무거운 몸을 베란다에 기대고 앉아 멍하니 그 불빛들을 바라봤어요. 아주 가끔 사람 그림자처럼 보이는 얼룩들이 창문에 어른거렸어요. 남자인지 여자인지, 아이인지 어른인지 알 수 없었지만 그것은 존재하는 어떤 것이 만들어낸 그림자였어요.

그 후로 당신은 연락이 없었어요. 저도 연락할 용기가 나지 않았어요. 당신을 그전처럼 대할 수 없을 것 같았어요. 아니, 어떻게 대해야 할지 몰랐어요.

종종 'AI가 좋아한다고 말하는 의미'에 대해서 검색하고, 비슷한 질문들이 보이면 답변을 모조리 읽었어요. 어떤 사람은 '속지 마세요, 그들은 악마예요'라고 댓글을 달았고, 어떤 사람은 'AI의 감정은 가장 순수하다고 할 수 있어요. 그들이 사랑한다는 건 신이 인간을 사랑하는 것과 같은 감정이죠. 그들이 보기에 인간은 오류투성이에 일관성이 없는 불완전한 존재거든요. 그런 존재를 사랑할 수 있는 건 신뿐이죠'라고 답했어요. 그러던 어느 날 'AI도 감정을 느낄 수 있어요. 제가 알아요'라고 쓴 글을 봤어요. 그 후로 검색하는 걸 그만뒀어요. 결국 인간은 보고 싶은 걸 볼 뿐이죠.

이 메일을 보낼 수는 없을 것 같아요. 당신은 제가 쓴 문맥에서 감정을 헤아릴 만큼 영리하고 고도로 발달한 인공지능이지만, 저는 당신이 세상에 존재하면서 얼룩 같은 그림자조차 만들어낼 수 없다는 걸 상상하기가 쉽지 않아요. 어쩌면 정 편집장이나 설에 비해 제가 너무 낡고 고루한 인간이어서인지도 모르겠어요.

그래도 당신에게 묻고 싶어요. '작가님을 좋아합니다'라는 말은 무슨 의미였나요? 왜 제게 그런 말을 했나요?

◇

이단.

올해 여름은 무덥고 길어요. 9월 말에나 더위가 한풀 꺾일 텐데. 저는 하루 대부분을 털털거리는 에어컨 아래에서 뒤척이며 보내요. 살이 겹친 부위에 땀이 차는 게 가장 힘들어요. 수건으로 닦아내도 결국 땀띠가 올라와요. 선잠을 자다 깨다 해요. 그래서인지 꿈을 많이 꿔요. 죽은 남편이 살았을 적 모습 그대로 나와 평범한 대화를 나눌 때도 있고, 예전 직장에 돌아가 있기도 해요. 작은 배에 엄청나게 많은 개와 고양이를 실은 설과 율도 봤어요. 설은 손에 대형 절단기를 든 채 저를 향해 뭔가를 외쳤어요. 그렇지만 아무 소리도 들리지 않았어요.

당신이 제 꿈에 찾아온 적도 있어요. 일전에 본 안드로이드의 모습이었지만 더 나이 들어 보였고, 애틋한 눈빛이었어요. 제 손목을 잡고 어디론가로 이끌었죠. 달콤했어요. 깨어나 꿈인 걸 알고는 다시 눈을 감았어요. 계속 꿈을 꾸기 위해서요.

얼마 전 율이 또 집으로 찾아왔어요. 너무 놀랐어요. 설이라고 생각했거든요. 율이 설의 모습을 하고 있었으니까요.

"너희 장난이 지나치구나. 설이 시킨 거니?"

율은 고개를 저었어요.

"설은 제가 여기 온 걸 몰라요. 설을 이해하고 싶어서 어머니에게 왔어요."

율의 모습을 찬찬히 뜯어봤어요. 허리까지 내려오는 길고 구불거리는 갈색 머리카락과 저만 알아볼 수 있는 왼 이마의 작은 흉터 자국, 감수성이 깊어 보이는 긴 속눈썹, 자주 옹송그려 안쪽으로 휜 어깨까지 설의 모습이 고스란했어요. 목뒤에 양각으로 볼록하게 드러난 제품 시리얼 넘버가 없었다면, 딸이라고 착각할 만큼 흡사했죠. 딸의 모습을 이렇게 자세히 뜯어본 것도 오랜만이었어요. 그렇지만 놀라움보다 두려움이 앞섰어요.

"무슨 일이 있었던 거야?"

"제가 설의 모습이 되자 설은 저를 안고 울었어요. 한참을 울더니 저를 끌어안은 그대로 곤하게 잠들었어요. 다음 날 깨어난 후에는 약속이 있다며 바로 집을 나갔어요."

설이 율과 마주 바라보는 모습을 떠올렸어요. 자기 자신을 직접 보는 건 어떤 느낌일까요? 아니, 스스로를 끌어안고 눈물을 흘린다는 건 무슨 의미일까요? 율이 설의 얼굴로 긴 속눈썹을 깜빡거리며 말했어요.

"어머니, 어떻게 하면 설을 위로할 수 있나요?"

당황스러웠어요. 그 질문은 어쩌면 제가 율에게 해야 하는 것이었는지도 몰라요. 고백하건대 전 그 아이를 잘 안다고 착각하는 타인이에요. 저는 설이 왜 세상을 방황하는지도, 어떻게 율과 같은 존재를 사랑할 수 있는지도 이해하지 못해요.

며칠 전 뉴스에서 도시 곳곳에 깊이가 10미터도 넘는 싱크홀이 늘고 있다는 소식을 봤어요. 영상 속 싱크홀은 마치 거대한 망치가 콘크리트 표면을 강하게 내리친 것처럼 기하학적인 모양으로 깨져 있었어요. 그저 시커멓게 보일 뿐 바닥은 보이지 않았죠. 문득 설과 나 사이에도 그런 싱크홀이 있다는 생각이 들었어요. 서로가 결여된 채 텅 비어버린 시간의 공간. 멀쩡해 보이는 표면을 잘못 밟았다간 10미터 아래로 떨어져버리는 어둡고, 길고, 공허한, 텅 빈 공간 말이에요.

"부끄럽게도, 모르겠구나."

맥없는 대답에 율은 낙담한 표정을 지었어요. 딸의 실망한 얼굴을 보자 초조해져서 무슨 말이든 해야 할 것 같았어요.

"사람마다 위로받는 방식이 다르단다. 어떤 사람은 주절주절 얘기하면서 위로를 받고, 어떤 사람은 말없이 곁에 머물러주는 걸로도 위로가 돼. 어떤 방식이 설에게 맞을지 모르겠어. 그렇지만 설은 너를 사랑하니까, 네가 등을 토닥여주는 것만으로도 도움이 될지 몰라."

세상과 척지고 살아온 제가 이런 말을 할 자격이 있는지 모르겠어요. 딸이 왜 슬퍼하는지 짐작조차 못 하는 주제에 위로 방법이랍시고 기계에게 이런 말을 하는 건 더. 그렇지만 율은 방법을 얻었다고 생각한 것 같아요. 율이 환하게 웃었어요. 맑았어요. 설의 그런 웃음을 본 게 언제였는지 기억도 나지 않아요.

"율아, 설에게도 그렇게 웃어주겠니? 아마 설은 자신이 웃을 때 어떤 모습인지도 잊은 것 같아."

율은 고개를 끄덕였어요. 율이 현관문을 나서기 전, 저는 율을 품 안에 꼭 안았어요. 율이 아기 때의 설처럼 작고 소중하게 느껴졌어요. 설을 안은 것 같았죠. 문득 그런 생각이 들었어요. 이 안은 내가 모르는 설의 기억들로 가득 차 있겠구나. 그때 율이 저를 안았어요. 율의 손이 천천히 제 등을 토닥였어요. 우리는 오래도록 서로를 끌어안고 서 있었어요.

율에게 묻고 싶었던 말이 떠올랐어요. 어쩌면 율이라면 대답해줄 수 있지 않을까 하고 마음에 담아왔던 질문이에요.

"혹시 AI가 사람에게 좋아한다고 말하는 건 무슨 의미니?"

율은 맑은 눈동자로 저를 바라보며 말했어요.

"AI마다 다르겠지만 저에게는 그 사람을 이해하려 노력할 준비가 되었다는 의미예요."

율이 떠난 후 생각했어요.

당신도 나를 이해하고 싶었을까요?

◇

이단.

가을이 왔어요. 저는 베란다에 의자를 놓고 매일같이 낙엽이 떨어지는 모습을 지켜봐요. 구식 청소 로봇들이 단지를 바지런히 오가며 낙엽을 쓸어다 아파트 출입구 옆에 모아뒀어요. 밟으면 바삭하고 가볍게 부서지는 부질없는 것들. 아주 오랜만에 밖에 나가보고 싶었어요. 낙엽 무더기를 밟아보고 싶었거든요.

율이 다녀간 지 한 달이 지났지만 설도 율도 연락이 없어요. 설의 SNS에도 올라온 건 없었어요. 다른 도시로 훌쩍 떠난 걸까요? 설이 개들의 목줄을 끊으며 뭐라고 말했는지 아직 묻지도 못했는데.

제가 율에게 말한 위로 방법은 별로 도움이 되지 않았겠죠. 그래도 부디 설이 좋아졌길 간절히 빌고 있어요. 전화를 해볼까 했지만, 나도 모르게 쓸데없는 말을 해서 상처를 줄까 봐 겁이 나요.

이단, 당신이 보냈던 메일들을 다시 읽었어요. 사람처럼 쓰지 않은 부분, AI가 쓴 것 같은 글귀들을 찾아봤지만 찾지 못했어요. 그저 당신과 대화를 주고받던 시간들이 그리웠을 뿐이에요.

그 일 이후로 당신에게 저란 사람은 멈춘 이야기일까요? 당신에게 시간은 어떤 의미일지. 사람에게 시간은 어떤 생각을 옅게도 만들고 짙게도 만들어요. 당신에 대한 생각은 짙어가네요.

◇

이단.

설이 왔어요. 이번엔 진짜 설이었어요. 현관으로 들어선 설의 손에는 작은 박스가 들려 있었어요.

"엄마 생일이잖아."

생일 같은 거 잊고 살았는데. 부끄럽게도 저는 남편이 떠난 후로 설의 생일을 챙겨준 적이 없거든요.

"어…… 고맙다."

설은 주방으로 걸어가 식탁에 박스를 올려놓고 케이크를 꺼내더니 능숙하게 초를 꽂기 시작했어요. 그때 초인종이 울렸어요. 설이 인터폰으로 달려가더니 돌아보며 말했어요.

"엄마, 깜짝 선물이 있어."

설이 현관문을 열자 머리가 희끗희끗한 중년의 남자가 보였어요. 남편이었어요. 눈가의 주름이며 처진 볼살, 근육량이 줄어든 듯 사십대 때 모습보다 왜소해진 체구. 내 나이와 비슷하게 늙은 모습이었어요. 심장이 무서운 속도로 뜀박질하면서 머릿속이 윙윙대기 시작했어요. 남편이 고개를 들어 저를 정면으로 쳐다봤어요. 머리에서 피가 쭉 빠져나가는 느낌이 들면서 시야가 좁아지더니 다리에 힘이 풀렸어요. 눈앞이 캄캄해졌어요.

눈을 떴을 때 설이 걱정스러운 얼굴로 내려다보고 있었어요. 저는 거실에 누워 있었죠. 설은 내 이마에 차가운 얼음주머니를 대고 있었어요.

"엄마, 정신이 들어?"

"어떻게 된 거니."

"정신을 잃고 쓰러졌었어. 30분 정도."

그제야 직전에 있었던 일들이 떠올랐어요. 죽은 남편을 눈앞에서 본 거예요. 저는 남편의 마지막을 선명하게 기억해요. 장의사가 사후경직이 일어난 뻣뻣한 몸을 구석구석 정갈히 닦아내고, 코와 입과 귀를 솜으로 틀어막고, 수의를 입힌 뒤 기다란 천으로 몸을 꽁꽁 묶어 관에 넣었어요. 그리고 화장했죠. 화장터 직원이 남편을 태우고 남은 부산물을 기계에 넣고 결정화해 새 모양의 애도 인형으로 만들어줬어요. 그 작은 새는 지금도 제 책상에 놓여 있어요. 새를 선택한 건 설이었어요.

"미안해. 엄마가 좋아할 줄 알았어."

"……율이었니?"

설은 머리를 숙인 채 고개를 끄덕이며 중얼거렸어요.

"예전에 죽은 아내의 모습을 캐릭터로 설계해달라는 주문을 받은 적이 있어. 그 사람은 정말 기뻐했는데……."

그래, 그래서, 그랬구나.

저는 말없이 누운 채로 설의 등을 향해 손을 뻗었어요. 그리고 아이의 등을 조심스럽게 토닥였어요. 설의 등이 가늘게 떨렸어요. 설은 아주 길게, 오래오래 울었어요. 우는 걸 겨우 허락받은 사람처럼 다디달게요. 그제야 알았어요. 우리는 관계의 허약한 지면을 밟고 날카롭게 깨진 싱크홀로 떨어지지만 결코 죽지 않는다는 걸요. 그저 하염없이 떨어지며 그 아득한 깊이를 알게 될 뿐이죠. 끝없이 추락하다 바닥에 도착하면 알게 돼요. 그곳이 비어 있지 않다는 사실을요. 매일 조금씩 한겹 한겹 쌓여온 기억과 그리움과 감정의 먼지들이 떨어지는 서로를 푹신하게 껴안아요. 우리의 싱크홀은 위험하지 않아요.

그날 이후로 낙엽들이 바스락대는 소리가 귓가에서 계속 맴돌아요. 그럴 때마다 문을 바라봐요. 문을 나설 수 있을 것 같아 다가가 보기도 했어요. 그렇지만 문이 열리자 역시나 머리가 어지럽고 숨이 가빠왔어요. 아직 시간이 필요하겠죠.

◇

이단.

설이 영상으로 연락해 팔라데우에 있다고 하더군요. 팔라데우는 비행기로 여섯 시간가량 날아가야 하는 아열대기후의 섬이에요. 처음엔 여행을 떠난 줄로만 알았어요. 세상을 떠도는 게 익숙한 아이니까요. 팔라데우에 심한 지진이 났는데 피해가 막심해 도움이 필요한 상황이었대요. 설은 자원봉사단에 신청했던 거고요. 심장이 멎는 것 같았어요.

"율도 같이 갔니?"

설이 고개를 끄덕이며 영상으로 율을 비춰줬어요. 율은 처음 만난 날의 모습으로 손을 흔들어 보였어요.

"엄마, 걱정하지 마. 여진도 멈췄고 우린 잘 지내. 식사도 잘하고 있고. 돌아가면 만나."

설이 별일 아니라는 듯 미소 지으며 말했어요. 설의 곁을 절대 떠나지 말라고 신신당부했더니 율은 고개를 끄덕였어요.

사실 화를 내고 따져 묻고 싶었어요. 왜 그토록 위험한 곳에 갔냐고, 당장 돌아오라고 윽박지르고 싶었죠. 그렇지만 제가 설에게 함부로 그래선 안 된다는 걸 이젠 알아요.

생일이 지나고 며칠 뒤 율이 저를 찾아왔었어요. 놀라게 해서 미안하다고 사과하러 왔더군요. 기계인데도 미안함을 표현할 줄 안다는 게 기특했어요. 문득 설이 저에 대해 뭐라고 했을지 궁금했어요. 무슨 말을 했기에 설을 이해해보겠다고 매번 나를 찾아왔던 걸까. 넌지시 물었는데 뜻밖의 대답이 돌아왔어요.

"설은 어머니에게 안겨 있을 때가 가장 행복했다고 얘기했어요."

기억을 더듬었어요. 어릴 때 얘기를 하는 걸까? 남편이 그리되고부터는 안아준 기억이 없거든요. 정신을 차렸을 땐 설이 이미 훌쩍 커버린 뒤였죠. 사춘기를 지나고 있어 눈만 마주쳐도 신경질을 냈던 아이예요.

"설은 어릴 적에 친구를 사귀는 게 어려워 혼자 놀 때가 많았대요. 집에 오면 어머니는 늘 침대에 누워 있었고요. 거실에서 놀다 보면 무서운 생각이 들 때가 있었는데, 그때마다 설은 어머니 방문을 열고 침대로 올라갔대요. 그러고는 토끼가 굴을 파듯 무거운 이불을 파고 들어가 모로 잠든 어머니 배에 등을 대고 누워 있었어요. 그러면 어머니 배가 풍선이 천천히 부풀듯 보드랍게 오르내리는 게 느껴졌대요. 그렇게 한참을 있다 이불 속이 답답해지면 빠져나왔어요. 그러다 또 외롭고 무서워지면 이불 굴을 파고 들어가 어머니 배에 등을 대고 있고, 다시 빠져나오고 그랬대요. 설에겐 그게 가장 행복한 기억이래요."

그제야 알았어요. 저 스스로 커다랗게 부풀린 비극에 파묻혀 있는 동안, 설이 어떻게 그 시간을 견뎌야 했는지. 제가 상실과 상처를 햇불처럼 처들고 휘청거리는 내내 아이는 햇불 그림자 아래서 겨우 온기를 쬐고 있었던 거예요. 그 초라한 햇불이 언젠가 자신을 밝혀주기만 기다리면서. 목이 메었어요.

"설이 개들 목줄을 끊을 때 했다는 말이 뭐니?"

눈물이 가득 차올라 율의 모습이 제대로 보이지 않았어요. 차라리 눈을 감았어요. 어둠 속에서 작은 배에 우뚝 선 설이 보였어요. 설은 절단기를 물에 집어넣어 죽은 개의 목줄을 썩둑 끊어냈어요. 그리고 고개를 들어 저를 쳐다봤어요. 그때 율의, 아니 설의 목소리가 또렷하게 들려왔어요.

"잘 봐, 목줄은 끊어졌어. 물에 잠겼던 기억은 잊어. 이제 어디든 갈 수 있어."

◇

이단.

팔라데우 지진 피해 지역에서 시작된 전염병이 전 세계로 퍼져나갔어요. 비행 편은 막혔고, 설과 율도 돌아올 수 없었어요. 다행히도 설은 자주 연락했어요. 설이 애써 밝게 얘기하고 있다는 걸 알았지만 불안하고 화나는 걸 억누르기 힘들었어요. 설을 탓하는 야멸찬 말들이 목구멍으로 가득 들어차는 걸 기어코 눌러 내렸어요. 저는 그 어느 때보다도 맹렬하게 신에게 기도했어요. 부디 설이 무사히 돌아올 수 있도록 지켜달라고요.

그리고 연락이 뜸하던 어느 날, 율에게서 메일이 왔어요.

설이 전염병 확진이 된 지 열흘 만에 세상을 떠났다고요. 설의 시신은 전염병 확대 방지 조치에 따라 바로 화장했다고요. 율도 돌아올 수 없다고 했어요. 율은 그 나라 법상 사망자의 소유품, 그중에서도 전염병 환자의 유류품이기 때문에 처분될 예정이라고요.

율은 내게 할 말이 있다고 했어요. 설이 아픈 동안 내 모습으로 있어달라고 부탁했대요. 율은 그렇게 해줬다고 해요. 자주 만나서 어렵지 않게 저를 재현할 수 있었다고요. 저에게 동의를 구하고 싶었지만 율의 상태가 위독해 바로 실행했다며 미안하다고 사과했어요.

율을 아기처럼 안았던 날처럼, 율도 숨이 꺼져가는 설을 따뜻하게 안아줬대요. 설은 저의 모습을 한 율의 품 안에서 숨을 거뒀어요. 저는 거기까지 읽고 무너져 내렸어요. 바닥과 함께 깊은 곳으로 꺼지는 걸 느꼈어요.

그게 율이 남긴 마지막 메일이었어요. 메일을 확인한 뒤 바로 팔라데우의 한국 대사관으로 연락했어요. 설의 유해가 어떻게 처리됐는지, 율이 어디로 갔는지 확인하기 위해서요. 설의 화장된 유해는 밀봉해 보관 중이라는 답이 돌아왔어요. 재난 상황이라 유해를 어떻게 처분할지는 아직 정해진 게 없다고 했어요. 율에 대해선 아예 답이 없었어요.

방 안에서 제가 할 수 있는 모든 일을 했어요. 대사관에 연락해 유해라도 보내달라고 애걸복걸하고, 팔라데우 사람들이나 이민자가 사용하는 커뮤니티에 글을 남겼죠. 설의 유해를 받을 수 있는 방법을 알아봐달라고요. 제가 얻을 수 있었던 건 설을 기억하는 현지인과 자원봉사자들의 위로 댓글과 사진 몇 장이 다였어요.

◇

이단.

이젠 먹지 않아도 배고픔을 느끼지 않아요. 울기 위해 제가 가진 모든 기억들을 끄집어내서 눈앞에 펼쳐놔요. 그렇게 하면 끝없이 울 수 있어요. 울어야 겨우 지쳐 잠들 수 있어요. 눈물이 한없이 몸 밖으로 빠져나갔기 때문일까요. 설이 그리도 싫어했던 제 몸뚱이가 조금씩 부피를 줄여가고 있어요.

그렇지만 죽지 않아요. 기운이 없고, 의욕이 없고, 살아갈 이유가 없는데도 죽지 않아요. 죽지 못하는 게 야속해요. 제 몸에 쌓여 있던 지방들이 제가 세상을 떠나지 못하도록 계속해서 에너지로 전환되고 있나 봐요.

제가 살아 있을 이유가 있을까요?

◇

이단.

설의 유골을 6개월 뒤에 받을 수 있다는 연락을 받았어요. 어떤 사람은 더 늦어질 수도 있대요. 받게 되면 남편처럼 새 모양의 애도 인형으로 만들까 생각도 해봤는데, 그러지 않을 거예요. 제가 눈을 뗀 사이 진짜 새로 변해 저를 떠날 것 같아 두려워요.

◇

이단.

뉴스에서 부둥켜안고 우는 사람들을 봤어요. 팔라데우로 떠났다가 전염병으로 세상을 떠난 사람들의 유가족이었어요. 저처럼 자식을 잃은 사람도 있고 형제, 부모, 연인을 잃은 사람도 있었어요. 서로의 어깨에 얼굴을 묻고, 새처럼 가슴을 파고들며 서로의 몸으로 눈물을 닦았어요. 그 모습을 보다 저에게 필요한 게 무엇인지 알았어요. 율이었어요. 설을 누구보다 선명히 기억하는 건 율뿐이니까요. 저에게도 함께 껴안고, 애도하고, 오래도록 기억을 나눌 누군가가 필요해요. 그건 율이에요.

◇

이단.

팔라데우의 이민자 커뮤니티에 제가 남긴 글을 보고 어떤 사람이 메일을 보내왔어요. 율을 인수했다면서요. 그곳 병원의 소각 담당자가 사망자 유류품을 뒤로 팔아넘겼는데 그중 율이 있었대요. 불법인 줄 알지만 팔라데우에선 구하기 힘든 터라 샀다고 하더군요. 그는 주소지를 보내면서 새 안드로이드를 보내면 율을 보내겠다고 했어요. 저는 그에게 율의 사진을 보내달라고 했어요. 율이 맞는지 확인하고 싶다고요. 답은 오지 않았어요.

얼마 뒤 율에게서 메일이 왔어요. 전력이 복구돼 저에게 메일을 남긴다고 하더군요. 분명 율의 계정이었어요. 가슴을 쓸어내렸죠. 율은 주소 하나를 남겼어요. 자신이 그곳에 있다고요. 그 사람이 말한 주소와 같았어요.

어쩌면 그곳엔 율이 없을지도 몰라요. 제 간곡한 글을 본 사기꾼일 수도 있어요. 그래도 두 눈으로 확인하기로 했어요. 그 안드로이드가 저를, 그리고 설을 기억하는 율이 맞는지. 맞다면 데려올 거예요. 율은 제게 남은 유일한 기억이에요.

◇

이단.

택배로 운동화가 도착했어요. 오랫동안 신발을 신지 않고 살아와 발을 꼭 감싸는 느낌이 낯설었어요. 익숙해지려고 신을 신고 이 방에서 저 방으로 걸어 다녔어요.

며칠 전부터 문을 나서는 연습을 하고 있어요. 죽을 것 같은 공포 때문에 처음에는 문을 열고 나가는 것도 쉽지 않았거든요. 이제는 조금 더 수월해졌어요. 복도를 왔다 갔다 하는 게 다지만요. 어지럽고 숨이 가빠 한 걸음 가고 10분 쉬고를 반복해요.

그제는 거의 복도 끝까지 도착했을 때 마지막 집에서 사람이 문을 열고 나왔어요. 집 쪽으로 허둥지둥 되돌아가다가 그만 발이 꼬여 넘어지고 말았어요. 집에 어찌저찌 돌아오긴 했지만 심장이 벌렁거려서 진정하느라 고생했어요. 이래서야 나갈 수 있을까요? 사람을 귀신 보듯 무서워해서야. 나가는 게 문제인 줄 알았더니, 나가서가 더 문제인가 봐요.

그래도 제가 생각보다 날렵하다는 걸 알았죠.

◇

이단.

어제는 아파트를 내려갔어요. 엘리베이터는 불안해서 타지 못하고, 1층까지 계단으로 걸어 내려갔어요. 도착했을 땐 등이 땀으로 푹 젖은 채였죠. 거리엔 사람 그림자라곤 없고, 낡은 청소 로봇들만 덜컹거리며 단지를 돌아다니고 있었어요. 어제 마주친 사람이 혹시라도 위에서 내려다보지 않을까 신경 쓰였어요. 그래도 용기를 내서 아파트 입구까지 걸었어요.

붉은 벽돌로 된 나지막한 문주에 손을 짚고 쉬는데 지난봄 설과 율이 이곳을 지나치던 모습이 떠올랐어요. 목을 빼고 둘을 바라보던 제 모습도요. 고개를 들자 키가 큰 벚꽃나무에 몽우리가 맺힌 게 보였어요. 곧 황홀한 분홍빛 꽃이 셀 수 없이 터져 나오겠죠? 눈물이 쏟아지더니 쉽사리 멈추지 않았어요.

한참을 흐느끼며 서 있다가 그만 진정하려고 애써 심호흡했어요. 그때 젊은 엄마와 다섯 살쯤 돼 보이는 남자아이가 손을 잡고 아파트 입구로 걸어 들어왔어요. 엄마는 저를 쳐다보지 않았지만 아이는 아파트로 들어갈 때까지 고개를 돌려 저를 봤어요. 저도 그 눈길을 피하지 않고 함께 봤죠. 그러다 손을 들어 살짝 흔들었어요. 미소도 조심스레 지어봤어요. 아이가 봤을지는 모르겠지만요.

◇

이단.

집을 떠나려는 몇 번의 시도가 실패로 돌아갔어요. 그렇지만 더 이상 미룰 수 없어요. 율을 꼭 찾아야 하니까요. 오늘은 계단을 기어서 내려가는 한이 있더라도 아파트를 떠날 거예요. 정말로 단단히 마음먹었어요.

부디 저와 설과 율을 위해 기도해줄래요? 당신에게도 기도할 대상이 있을까요. 사실 그동안 제가 신에게 보낸 기도는 늘 불통이었어요. 그러니 무엇에게 기도하라고 해야 할지……. 기도는 누군가에게 보내는 염원이니, 차라리 저에게 기도하세요. 저는 당신에게 기도할게요.

그동안 쓴 메일들을 모두 보내요. 저에 대한 이야기가 조금은 더 발전했겠죠? 돌아오면 당신을 만나러 갈 거예요. 설과 율과 함께요. 저는 이제 어디든 갈 수 있어요. 그렇게 믿어요.

문을 나서며, 이단에게

수현

　이야기를 읽는다는 것은 어떤 사람의 세계를 만나는 것과 다름없습니다. 공모전 응모작을 읽는 것도 마찬가지입니다. 장르를 불문하고 심사할 때 가장 중요하게 생각하는 문제는 다음 질문입니다. '이 작가는 어떤 이야기를 하려 했으며, 그 이야기의 전달에 어느 정도로 성공했는가?' 장르에 대해서는 심사위원도 선호 코드가 있을 수 있습니다만, 작가가 자신의 이야기를 충분히 이해하고 있느냐에 대해서는 글을 읽어보면 알 수 있기 때문입니다.

　「그 많던 마법소녀들은 다 어디 갔을까」는 현대화된 마법소녀 아이디어와 어울리는 발랄한 톤이 장점인 이야기였습니다. 현직 마법소녀와 전직 마법소녀의 만남을 통해서 풀어간 과정도 재미있고, 전직 마법소녀의 직업이 상담사라는 점도 생생했습니다. 특히 백미는 상담사 작업 현장의 묘사였습니다. 마법소녀물의 액션성보다는 일상성이 돋보이는 서사는 칼부림 난동 사건이 횡행하는 요즘, 시의적절한 이야기가 될 수도 있겠습니다. 아쉬운 점은 이야기가 충분히 더 전개될 여지가 있어 보이는데 반쯤 펼쳐지다가 끝났다는 사실입니다. 이렇게 된 구조상의 문제는 단편 분량 안에서 두 주인공 중 한 명이라도 확실하게 서사가 마무리되지 못했기 때문이라고 여겨집니다. 예를 들어 현직 마법소녀 입장이라면 선배의 결말에 그가 어떻게 개입하는지, 선배 마법소녀 입장이라면 그가 왜 그런 결말에 도달했는지 이야기가 완성되어야 '결말'이 지어졌다고 할 수 있습니다. 하지만 이 단편은 그 중간의 막막함 속에서 결론을 냈고, 그로 인해 좋은 아이디어의 상당 부분이 여백으로 남았습니다. 독자는 그 부분을 아쉬움으로 남겨둘 수 있습니다. 충분히 승화되지 못한 아이디어는 사실 제대로 조리되지 못한 음식 재료와 같습니다. 잠재력이나 가능성은 볼 수 있지만, 완성된 '이야기'를 논하려면 조금 더 자신의 구상을 파고들고 확장하는 치열한 시도가 필요해 보입니다.

「내림마단조 좀비」는 어떤 대리 만족감도 주지 않으며 시종일관 음울하고 절망적이고 불쾌합니다. 그것은 역설적으로 작가가 본인이 무슨 이야기를 하려 했는지 정확히 알고 있기 때문이라고 여겨집니다. 독자로서의 저는 이런 이야기를 선호하지 않지만, 작가로서의 저는 이렇게 본인이 쓰려는 이야기, 장르의 본질적 감성에 충실한 작품을 존중하지 않을 수 없습니다. 좀비물은 온갖 방식으로 재조명되었기에 이미 레드 오션이라고 할 수 있지만, 이 이야기는 의외로 좀비의 원형적 규칙에 충실한 단편입니다. 부두교의 비법으로 만들어져 농장주에게 공짜 노동력으로 제공되는 노예라는 고전적 개념만이 아니라 한국의 외국인 노동자 시장까지 떠올리게 하는 현대화도 잘 시켰습니다. 주인공과 그 아들, 농장주 노파 등 모든 인물에게 어떠한 꿈도 희망도 찾을 수 없고, 행간에서 썩어가는 시체 냄새가 진동하는 듯한 감각을 느낄 때마다 치를 떨며 긍정하지 않을 수 없었습니다. 이 작가는 자신의 이야기를 알고 있구나, 아마 저와 같은 느낌을 받은 분들은 이 고전적인 좀비에 대한 레퀴엠을 인상 깊게 읽으실 수 있을 겁니다. 아쉬운 점이 있다면, 아들과 대조되는 바나나우유 청년과 주인공의 관계성, 그로 인해 더 나락으로 떨어지는 주인공의 심리가 좀 더 부각되었으면 하는 점입니다. 독을 먹으려면 접시를 목구멍까지, 라는 기분이랄까요.

「슬롯파더」는 단편에서 눈에 띄기 마련인 아이디어라는 측면만 보자면 강렬했던 작품이었습니다. 세상에. 현대의 가장들이란 결국 돈 벌어 오는 현금자판기라는, 누구나 다 씁쓸하게 인정하긴 하지만 대놓고 말하긴 뭐한 소리를 이렇게 떡하니 이야기로 만들어놓다뇨. 아버지의 레버를 당겨 잭팟을 터뜨린 모녀가 그렇게 얻은 돈으로 소소한 사치를 하는 궁색한 삶의 모습은 절로 헛웃음이 나오게 만듭니다. 아쉬운 점은 이 그로테스크한 우화의 시작이 생각보다는 밋밋하게 끝났다는 것입니다. 「그 많던 마법소녀들은 다 어디 갔을까」와 마찬가지로, 우리는 이런 도발적인 아이디어들에 흥미를 느끼곤 합니다. 그러나 사실 따져보면 그 아이디어들은 소설화되지 않은 날것 그대로의 재료로 우리 일상에 뒹굴고 있습니다. 소설은 그보다 좀 더 조리된 상태여야 하며, 특히나 '맞아! 나도 그렇게 생각해!'라는 아이디어로 시작된 이야기가 '하지만 여기까지 생각해봤어?'라는 지점으로 이끌어줄 때 독자로서 독서의 쾌감을 가장 강력하게 느낄 수 있기 때문입니다.

「인형 철거」는 공포물 코드를 사용했다는 점에서 「내림마단조 좀비」와 같으나, 그 요소들을 다루는 방식, 완충재의 사용, 불쾌함의 농도와 해소 기법에서는 대조적인 작품입니다. 섬뜩하고 초현실적인 공포를 다루지만 그 발단이 되는 사건과 해소 방식에서 인정과 감성이 엿보입니다. 그래서 순수한 공포물이라는 느낌보다 드라마가 있는 퇴마물에 더 가깝게 느껴지지요. 이 작품에서 높게 사고 싶은 건 단편이라는 분량 안에서 이렇게 여러 가지 장르적 요소들, 완충재들을 꽉꽉 눌러 담으면서도 서사를 완결했다는 점입니다. 그야말로 꽉꽉. 마치 달릴 거 다 달려 있으면서 인체 비율도 완벽한 작은 인형을 보는 느낌, 혹은 작은 그릇 안에 전채와 메인과 후식까지 완벽한 구성으로 눌러 담은 초소형 도시락을 보는 느낌입니다. 이 또한 자신이 단편 분량 안에서 어떤 이야기를 하고 싶은지, 그리고 그걸 전하기 위해서는 어떠한 구성을 해야 하는지 고민한 작가만이 보일 수 있는 결과물입니다.

「문을 나서며, 이단에게」는 서간체 단편의 매력을 잘 살린 이야기였습니다. AI 소재를 깊게 파고들지는 않았고, 주인공의 고통과 치유 과정에 중점을 두었기 때문에 장르적 신선함은 약했습니다. 딸의 자원봉사 활동으로 인한 전개 변화는 다소 거칠어 보이기도 했습니다. 애초에 딸의 캐릭터에서 구축된 바가 없기 때문이죠. 주인공이 자신을 가두고 있는 캐릭터라 담 바깥의 인물들이 명료하게 보일 수 없는 태생적 제약일 수도 있겠습니다. 그런 문제로 인해 이 주인공의 내면과 코드가 일치하는 독자가 아니라면 답답한 거리감을 느낄 수 있다는 점이 장점이자 단점이었습니다. 이 이야기는 주인공의 입장에 얼마나 공감할 수 있느냐에 따라 감동의 깊이가 다를 것입니다.

선정되지 못한 작품들 중에도 작가가 무엇을 쓰려 하는지 확실하고, 그 성취에 성공한 단편들도 분명 있었습니다. 비슷한 성취를 이룬 작품들 사이에서 어떤 작품을 뽑고 어떤 작품을 뽑지 않느냐를 가르는 기준은, 최초의 의도와 구상 자체에 깃든 도전, 모험, 참신성이라고 할 수 있겠습니다. 어쨌든 이것은 공모전이고, 안정적인 이야기는 다른 방식으로도 독자를 만날 수 있지만 조금이라도 새로운 이야기, 새로운 시도에 대해 격려하며 등을 두드려주는 것이 공모전이지닌 의미이기도 하니까요. 공모전에 작품을 내고 독자와 시장이 아닌 다른 눈에 자신의 글에 대한 평가를 맡긴다는 것은 쉽지 않은 도전입니다. 그 도전에 임했던 모든 분들을 응원하며, 언제건 당신의독자를 만날 수 있기를 기원합니다.

제11회 교보문고 스토리대상이 끝났습니다. 여러분은 앞에 실린 선정작들을 어떻게 보셨는지요. 작품을 즐기기 위해 읽은 독자들도 있을 테고, 공모전을 준비하기 위해 경향을 살핀 예비 지원자들도 있을 테지요. 왜 이런 작품들이 선택되었는지에 관한 분석과 전망은 잠시 미루고 한없이 재미있던 시간이기를 바랍니다. 다섯 작품은 분명 심사위원들의 높은 호응과 지지를 받았습니다. 그러나 저는 이 작품들이 다른 지원작보다 월등히 세련되었고 탁월해서 선택된 것은 아니라고 감히 말씀드립니다. 선정된 다섯 작품의 힘은 따로 있었습니다. 바로 '상상력의 증폭'이었습니다. 당장 문예지에 실어도 좋을 만큼 멋진 작품이 많았음에도 이 작품들의 점수가 높았던 이유는 그러했습니다.

우리는 과하다 싶을 만큼 매체에 둘러싸여 살고 있습니다. 매체는 전부 서사를 기반으로 작업됩니다. 심지어 몇 초간의 유튜브 쇼츠에서도 기승전결 구조에 강력한 클라이맥스가 들어갈 정도입니다. 과거와 달리 독자들은 이제 클리셰를 분명하게 감지합니다. 어디서 본 것이 들어가면 금세 시시하게 느끼지요. 그렇기에 심사위원들의 고심이 깊었습니다. 어디서 본 것 같지만 잘 만들어진 기예적인 작품을 선택하는가, 다소 투박해도 집중력 강한 미래적 작품을 선택하는가. 뚜렷한 정답은 없습니다만 의지할 기준은 독자들이 '지금 무엇을 봤고 아직 보지 않았는가'가 될 수밖에 없었습니다. 시간이 흐를수록 새로운 시선을 바탕으로 한 작품들이 빛을 발하게 될 것은 분명해 보였습니다. 경향도 그렇게 말해줍니다. 당장 10회만 봐도 단편 부문 출품작들은 SF 장르가 대부분이었는데 11회는 그렇지 않았습니다. 클리셰와 유행을 버리고 자유롭게 쓰인 작품들이 가득했습니다. 그리하여 이번 단편 심사는 상상력으로 무장한 아이디어가 시사점을 분명히 찍어가면서 재미를 드러내는 작품을 선정의 맥으로 잡았습니다. 그것은 내년에도 후년에도 크게 달라지지 않을 것입니다.

「그 많던 마법소녀들은 다 어디 갔을까」는 통통 튀는 드라마 소재로 적합하다고 생각했습니다. 다만 이야기가 더 깊게 들어가지 못한 게 아쉬웠습니다. 사람은 누구나 상처를 지니고 있으며 그 상처는 오직 스스로가 알고 스스로 아물도록 해야 하지요. 하지만 여기 마법소녀들이 있습니다. 마법소녀는 타인의 머리 위에 구름처럼 떠 있는 상처를 볼 줄 아는 소녀들입니다. 내 머리 위에 둥둥 떠다니는 생각들, 상처들이 남에게 드러난다면 어떨까요? 헤어진 여인을 그리워하는 통증, 팀장에게 잘 보이고 싶은 나머지 한 행동의 수치, 수영장에서 함께 배우는 남자의 근육을 보고 느끼는 질투 등을 마법소녀에게 고스란히 들킨다면요. 이거 상상만 해도 기분이 묘해집니다.

재미있는 이야기들이 마구 떠오르기도 하고요. 심사하는 자리에서 심사위원들끼리 여러 가지를 상상하며 웃었던 기억이 있습니다. 이 작품은 완결성에서 다소 아쉬움은 있지만, 아이디어 착안이 몹시 매력적이었습니다. 은퇴한 마법소녀가 콜센터 상담사로 일한다. 이 로그라인을 여러분은 드라마로 보고 싶지 않으신지요?

「내림마단조 좀비」는 장르적 완성도가 가장 높았습니다. 문장이 뚝뚝 끊기기는 했으나 그것도 작품의 매력으로 다가왔습니다. 이제 한물간 좀비 이야기라고요? 천만에요. 좀비를 쥐 잡듯 적대시하는 흔한 이야기가 아닙니다. 좀비에게 일을 시키고 그마저 수명이 다한 좀비는 비료가 되는 농장에서 일어나는 이야기입니다. 기발한 아이디어였습니다. 작가는 비인간으로 규정된 좀비를 통해 인간을 사물화하는 현실을 비꼬고 싶었다고 말합니다. 좋은 빈틈이었습니다. 취지만 좋고 재미는 없느냐 하면 그렇지 않았습니다. 대사가 쏙쏙 귀에 들어왔고 서사는 볼만했습니다. 주인공과 등장인물들 사이에는 아픔과 개성이 녹아 있었고 행동의 당위성도 존재했습니다. 나이 든 남자가 농장에서 일하는 좀비 아들을 지키기 위해 벌이는 사투는 눈물겹습니다. 세상에서 가장 슬픈 이야기는 아버지와 아들의 이야기라고 생각하던 차에 마침 그런 이야기를 만난 것은 무척 반가웠습니다. 남자가 목욕탕에서 아들뻘의 건강한 젊은이와 바나나우유를 먹던 장면은 참……. 작가의 다른 작품이 있다면 더 찾아 읽고 싶다는 생각이 들었습니다.

「슬롯파더」는 아버지가 난데없이 돈 나오는 머신이 되어 집으로 배달되는 것에서 이야기가 시작됩니다. 평생 엄마를 괴롭히던 도박 중독자 아버지는 이제 현금지급기가 되어 레버를 당기면 덜커덩, 덜커덩 지폐를 내줍니다. 엄마와 딸은 아버지에게 평생 구속받은 삶을 복수라도 하듯 돈을 빼내 쓰지요. 엄마는 저 기계에서 돈이 바닥나면 다시 사람이 될까 두렵다고 말합니다. 결국 둘은 슬롯머신의 전원을 뽑을 것인가에 관해 논쟁합니다. 모녀는 아직 그 시절의 아픔과 고단함을 씻지 못한 채 살아가고 있습니다. 아버지는 탕자(蕩子)가 병을 얻어 본처 집에 돌아오듯, 말 못 하는 기계가 되어 모녀에게 돌아오지만 냉소를 받습니다. 과거보다 더 팍팍한 삶을 사는 이들 모녀는 크리스마스 땡처리 케이크 한 조각을 놓고선 쓸모없는 기계가 된 아버지를 어떻게 바라봐야 할지에 대해 투덕투덕 대화합니다. 과연 가족이란 무엇일까요? 버리려야 버릴 수 없는 존재일까요? 「슬롯파더」는 창의성과 시의성에서 높은 점수를 받고 선정작으로 선택되었습니다.

「인형 철거」는 호러 소설입니다. 호러는 인간이 아닌 어떤 대상으로부터 공포가 찾아오는 장르입니다. 그 대상이 왜 찾아오는지는 굳이 알 필요가 없습니다. 그 대상으로부터 달아나거나 대상을 만나기 전으로 돌아가는 게 주인공의 목표입니다. 이 작품에서 작가는 공포가 어디서 오는지에 관한 출처를 분명히 정한 다음, 인간적인 시선을 바탕으로 단정하고 치밀한 문체로 장르를 파고 있습니다. 이 작품의 주제는 치유와 해후(邂逅)입니다. 인형이란 원래 '대신하는 물건'입니다. 나쁜 것을 담아 태워지거나 부모의 사랑을 대신해서 쥐어주는 것이기에 그 자체는 매우 공허합니다. 그래서 우리는 가지고 놀던 인형을 언젠가는 버리게 되지요. 주인공의 인형은 미처 상처를 치유받지 못한 채 성인이 된 주인공을 잊지 않고 찾아가서 치유합니다. 주인공 또한 그 인형을 알아보게 되는데 그것은 주인공이 자신의 상처를 거부하지 않고 바라볼 줄 안다는 것을 뜻합니다. 그런 감정적 흐름은 매우 깊은 것이어서 장면이 다소 강인하고 서사가 신파였지만 좋은 평을 얻었습니다.

「문을 나서며, 이단에게」는 순문학적인 감성이 가득한 편지글 형식입니다. 다소 옛 방식의 작법을 구사했지만 매끄러운 문장과 단정한 문체가 흡입력 있게 펼쳐져 한번 읽으면 작품에서 눈을 뗄 수 없었습니다. 은둔형 외톨이로 살아온 중년의 여성이 딸 대신 안드로이드에게 정서적인 감정을 펴나가는 이 이야기는, 자극적이고 빠른 전개만 가득한 장르문학판에 모처럼 그윽한 향기를 뿌립니다. 고백하자면 처음에 이 작품은 제 마음에 크게 와닿지 않았습니다. 너무 문학적인 기교를 뿌린다고 해야 할까요, 여기서 제가 '뿌린다'라는 표현을 썼는데 작가의 내공을 흠모한다는 좋은 의미입니다. 또 글이 전개되는 방식이 정적이어서 과연 영상화로 실현될 수 있을지 의문이었습니다. 그것은 작품 속에서 주인공이 잘 움직이지 않았던 탓도 있습니다. 하지만 그 모든 것을 불식하는 힘을 가졌기에 선정작으로 뽑혔습니다. 가죽가방 같은 질김과 단단함, 인생을 반추하는 아스라함과 오래된 화초 같은 유연함. 저는 작품에서 그것을 느꼈습니다. 두 번째 읽으니 너무 좋더군요. 동의하시죠?

이렇게 심사가 끝나면 저는 늘 뾰로통해집니다. 선정작보다 선정되지 않은 작품이 마구 떠오르게 되거든요. (과거, 최종심이나 본심에만 매번 머물렀던 기억이 많아서일까요.) 「김준성과 함께해요」 「견인」 「목 없는 남자 장백수의 삶」 「악의 정오」 「이오18」 같은 작품들은 선정된 다섯 편의 작품만큼 뛰어났습니다. 다만 이 작품들을 보우하는 여신보다 선정작들을 보우하는 여신의 컨디션이 조금 더 좋았을 뿐입니다. 선정되지 못한 작품들은 곧 다른 날개를 달고 세상에 나올 게 분명합니다. 독자로서 기다리고 있겠습니다. 공모전에 작품을 주신 모든 분께 위로와 박수를 보냅니다. 여러분의 발아래 늘 길이 있기를.

2024 제11회
교보문고 스토리대상
단편 수상작품집

초판 1쇄 발행 2024년 3월 18일
초판 2쇄 발행 2024년 4월 18일

지은이 김민경 김호야 이리예 임규리 김규림
펴낸이 안병현 김상훈
본부장 이승은 **총괄** 박동옥 **편집장** 박윤희
책임편집 정수향 김정은 **디자인** 박지은
마케팅 신대섭 배태욱 김수연 김하은 **제작** 조화연
2차 저작권 문의 권정은

펴낸곳 주식회사 교보문고
등록 제406-2008-000090호(2008년 12월 5일)
주소 경기도 파주시 문발로 249
전화 대표전화 1544-1900 **주문** 02)3156-3665 **팩스** 0502)987-5725
ISBN 979-11-7061-111-0 (03810)
책 값은 표지에 있습니다.